大雅

为一种品格注脚

大雅诗丛

时光之踵

王志军 著

SHIGUANG ZHI ZHONG

广西人民出版社

给　刘冰

目　录

选自《世界上的小田庄》

选自《时光之踵》

选自《野地的风景》

选自《词语的歌》

选自《仙人掌变形记》

《长诗》

选自《世界上的小田庄》

蓝点颏

那时这鸟已不常见
即便听人说起，立即满怀神往——
颈下那道宝石蓝，羽尖环扣的柔软歌喉
闪烁在我童年的想象。

春回大地，它学唱所有虫子的歌。
蝈蝈、蛐蛐、油葫芦、蝲蝲蛄，
这个调皮的音乐家
藏身在它唤醒的田野与河流。

但有一次，我真的得到一只
并握在手中——我帮二胖去看鸟夹子
走到柳树丛
它就在那。巴掌大铁丝网中

受了惊吓，但没受伤，
细线上白虫子还在扭搭。
我兴奋地捧它跑回去——他妈进来剋他：
“多大了还弄这个？给志国吧！”

然后它就放回我的掌中。
我轻轻托着，看着它。
它安静蜷缩着如我抑制的狂喜。
愣了好一会儿，“扑棱”一下飞出窗外

了无踪迹。它没叫一声。
我甚至不敢肯定它真是一只蓝点颏——
我激动又害羞
从始至终，都没有看清。

2010　廊坊

端　午

它堵在门口，疑惑、漠然地看着我，
恍如我是这闷热的中午
它打盹间一个幻念。
等我领儿子过去它又低下头
继续盯着自己的影子。一动不动
看了好久，就像早就睡着了
正把那影子梦见。

苍蝇嗡嗡叫着，在它尾巴漫不经心调度的
褐色停机坪上安闲地起落。
甚至落上它的眼睑。
它喷出响鼻，像一声声叹息。
——这个院子，这青苔上的石槽
这油亮的皮笼头
整整八年已经过去。
它瘦多了，瘦成这衰落物种的标本。
下午人们进进出出
它躲在棚子阴暗的角落，冥思苦想
时光真是混沌一团。

当一切安静下来，金色阳光
照在它发亮的肌肤上，仿佛灌进了体内。
它含着草茎，昂起头——
风攀上脊背，几缕鬃毛撩起来
火苗似的燃烧。
而它纹丝不动，谛听
天边传来的雨声在大槐树上沙响。
冷风激流一样的冬天过去了
泥土浪卷的春天也刚刚过去。
拉长的影子扬起了前蹄
欲趁夜色奔腾，返回它的身体。

2011　北京

磁 铁

1

小时候我有两块磁铁，环形、等大，
总是紧紧吸附。竖根木棍儿
把一块套进去，另一块
磁极相反放下，就一头悬住、晃悠。

怎么无间的兄弟转个身就水火不容？
我轻按上面的悬环，使它们挨紧，
指尖能感到貌合神离的斥力。
一松手，它又顽固地翘起。

那时，常在磁铁的缝隙就过一个下午。
看它们排斥、吸引，这对斗气的兄弟
最终紧拥着和解，扣紧时“吧嗒”一声
像誓言永不再分离。

我长时间摆弄它们，手掌
仿佛也因接触过久而磁化。
如今我常在游思中，不由自主想起它们——

这两块磁铁，一块是我的

另一块原来属于张军，趁他不备，
我从他家橱子下的木瓢拿走了它。
哦，神奇的磁铁。强大的吸力
让我用一生美德相抗，才不被吸入。

2

着迷变形金刚的年纪
我吹牛有本厚书，满是机器人插图，
还杜撰出“利爪金刚”的威力。
一圈儿佯装不屑的艳羡，使我快意。

附和者真假莫辨地炫耀想象，
辩解、争吵，在上课铃响前忘光。
吕海波，爱害羞的同桌
放学时小心翼翼叫住我——

他想借，满脸通红地发誓
一定精心，不有一点破损。
那股不好意思劲儿
让我慌了神儿，忙说明天，明天——

可他坚持去拿。逆着他家好几里的路
怎么也无法将他说服。我一路忐忑

离家越近越羞于讲明，
直到看见邻居家大门紧锁

灵机一动，上去敲门……
之后，我用更多谎话推脱，忘了过程，
只记住那渴望的眼神，及一次内疚引发的激动中
我言辞模糊地道歉

并未说清。几年后，他有事找我
寻到邻居家。
后来他家遇到一些悲伤的事……
失去联络很久了。

有时还像四年级的样子，口若悬河
令自己难过。努力学习一草一木寡言的美德
我知道
那本不存在的书，就是沉默。

3

我在北沟遇见李江。
他小我几岁，正挽着裤腿捞蝌蚪。
浅溪水位下降，蝌蚪簇拥染黑了白沙。
轻轻一舀，满满一瓢。

盆快满了。这些小生命

拼命甩着尾巴，在同伴中游挤。
我说蝌蚪长大，变成青蛙。他不以为然
说鸭子正等吃的，变出鸭蛋。

我狠心掏出一枚蓝色电池盖儿——
那可是我的宝贝，送给他。
可他对这没兴趣，只顾埋头猛捞。
于是我用力打翻铁盆

威胁再来就一样下场。
他哭着走了。这事我一辈子也不会忘。
不为救了千万只蝌蚪
而是我使用了暴力。

4

猫从床头摔下，闪了致命的腰。
无数次温暖我的小身体
在我甜梦时变冷。天亮时
妈非要把它放在炕头烤热。

不该推它！这只猫还小时
我曾抡起它脖子上的绳子
在空中绕圈，直到把它勒晕。
当时以为它死了，因为好一会儿——

直到我的悔意都快消失，它才缓过来。
它常把吃剩的老鼠藏进被窝
吓妈一跳，从饭橱偷鱼的本事
胜过逮耗子的天职。还在暴雨天

消失一周，回来爹赏了它一块炖肉。
它上葡萄架抓老鼠，搞得半夜院子
响声大作，鸭、狗一顿狂叫
带得全村狗叫，好多灯亮起来……

可这些都不如抡它在空中那一刻清晰
让我心惊。人皆有残忍天性
读书写诗教育自己，
为从鲁莽生出节制，以狂乱滋生爱。

2003　秦皇岛

不速客

雨一直不停。全家人躺在炕上
唠邻居家新生的牛犊。
突然妹妹一声惊叫：一条蛇
房梁上游走。

它快活地穿梭在椽檩的空隙
像溜进游乐场的坏小子。
黄闪闪的身躯骄傲地扭动
全没把我们放在眼里。

我和妈猛坐起来，缩到窗台边
嘴巴紧闭。妹妹还在使劲儿叫。
那时我特别怕蛇
被它迷上，会变成傻子。

还有人说，上树掏鸟的光棍
被钻进嘴里，蛇鳞像倒根刺卡住喉咙……
这时爹不慌不忙
取根竹竿，两三下挑入脸盆——

轮到它干着急，卖劲儿在搪瓷面打滑，
还不示弱。
急晃着吐信的三角脑袋
被竿头逼在盆底。

然后他念叨着：家蛇护财
顶着冷雨送到房东边的池塘，
娘仨才松一口气。
十几年后我正在保定那片陋檐下

看书，一个大雪团
从虚掩的漆门后，又准又狠
敲中我的头。雪在脸上融化
迷住眼睛，一双手臂

蛇一样盘住脖颈。同样滑腻
同样是个严重的挑战。从此
我将被迷住？很多年
带凉意的惊讶盘踞在回忆之门。

2002　秦皇岛

铁道北

炮仗轰响，纸钱引着枯草后更旺。
一道道浓烟在西北风中
压向窄沟的尽头，几十个男人，
两座老坟。太爷，长命的太奶，
你们错过了这闹腾的时代，
埋头种地，生了那么多儿女。
出去经商的兄弟们留在了赚到的钱庄
你俩带着儿子
在别人晒暖儿时挑水浇地。
如今家族庞大、分散，
一年只在此刻聚集。

爷爷们不断添进纸钱
用颤巍的木棍儿拢住，
念叨旧事与平安。几个弟弟
闹完又静，看各家花炮
想象未谋面的祖先。
多像我当年吁吁奔跑
跟紧那长长一队，在女孩被禁止的节日
冷叫的风中，第一次

萌发男人的意识。

年复一年。火燃起，熄灭。
青色烟雾消散在高处。
每个人，从热闹渲染的庄重
和激荡在心里的小小波澜中
继承着这古老的骄傲——
这最深处的失落和满足。

雪响散尽，带走谈笑、唏嘘，
留下震裂的天空
炮纸如落叶旋落，火药味儿
弥散在这永日沉默之地。

2003　秦皇岛

两种生涯

村北头有两个傻子，年纪相仿。
一个是斜对门的李占伟，另一位
在后街角，我的叔伯兄弟王志涛。
人们喊他俩时习惯把姓换成“傻”
亲生爹妈也不例外，骂得比外人凶
气急了会咒“为啥不早点死!”
可要听到别人骂，就会生气
跟着大骂两声，那股狠劲
让人觉察比其他父母更偏执的爱
都不好意思地收了嘴。这李占伟名头很响
小时几乎没人敢惹。他发起怒
石头、砍刀、铁叉，什么都当武器
而且体健步快。吓唬你时千万别激他
不然会猛冲过来，追不上就飞菜刀。
抽起风同样吓人，冷不防仰摔在地
口吐白沫，浑身乱颤。好几次
还倒在没膝的河中。上学没几天
就带翻好几桌同学并吓坏了他们。
从此闲在家，天天在村里游荡
看上什么，比如溜直的树苗

谁家房顶的大南瓜，他都明目张胆
拿刀砍了就往家拖。有时我怀疑他并不很傻
只是没受到教育，并在自我的心灵中封闭。
那时，我养的一只小麻雀被他看见
一连两天坐在我家，妈只好给了他
按我说的，必须好好照看。
可第二天就被他睡觉中压扁。
真难过啊，可有什么办法？后来
他逛荡到别的村，迷路回不来
不到二里的铁道北也冻过一宿。
闯祸时，或者无故地，经常被打
好像总有部位带着伤。
我脾气暴躁的父亲一向可怜他
赶上吃饭会给他盛上，我意外发现
他也会唠叨几句，比如谁又欺负了他
打得多狠。后来我从城里回家
他在街厕就大声招呼，回来啦！
可他从来不知道我去了哪。前段时间
他从房顶摔下来头先着地，几乎没命。
这也不是第一次了，像他妈说的
命比好人还大，花几千块又活了过来。
只是尿尿要橡皮管，连着兜里的塑料袋
得家人定时放，不然会憋得乱叫。
夏天，过专列时一如既往警察看护。
随年纪增大，他渐渐迟钝下来
不怎么传出惹祸的新消息。我突然想起

他可能已经死了。我不确定。
或许该在下次电话时问一问。
再说说我的叔伯兄弟。同是家中长子
和李占伟一样也有个聪明弟弟。
他打小没学会说话，因此
偶然学上几句大家会反复调侃。
老奶她们最爱问，淘淘，你妈叫啥？
小辣椒！大家就乐翻了。
逼急时也会骂人，就俩字
你妈！含混不清，再用手比画一下。
眼睛不看任何人，常常一天没有表情。
到谁家，砰砰地敲门，直冲进来
一屁股坐到炕上，呆一下午也不动地方
目光呆滞地摆弄塑料袋。他喜欢两手揉搓
听它发出声音。揉烂了就得换。
每家都知道要用这打发。拜年时
他不要糖块，只要崭新的包装纸。
平常他极其安静。遇有红白事就不同了
他狂热地迷恋鼓点，为了听喇叭
他总第一个到场，跟着乐点笨拙地扭动。
人们忙碌到夜里收拾桌椅时才发现
他还在原地继续那单调的动作。
他的执着也渐渐被大家视若当然。
从小到大没怎么出过村，没这类事时
活动范围不超过两趟房。上次回家
好像略通了点世故，学会

猜测人们的期待。对他妈牌桌上
几户街坊尤其熟悉。挨家叫人
然后坐在角落出神。还是白白胖胖
一副小弥勒佛模样，刚长出的胡须正被当事说。
而大部分时间人们已经习惯
漠视他的存在，把他交给自己的世界。
他的世界是什么样的？那绝对的安静中
他失神的视野潜藏着什么样的主宰？
就像李占伟那传奇般的暴烈，那孩子似的
未长成的心智中是什么在驱动？
上天赠予我们最珍贵礼物，常被无度地挥霍。
那些未收到者，依然苦苦执着于
自己特别的生活，以其不完整的世界
分担着我们的过错。因为
他们生命所缺失的部分，就是爱。

2006　廊坊

入土为安

1

十五瓦的昏黄灯光，在狭窄的穿堂屋
孤独地亮着。雷雨一阵接一阵。
风不断撞开铁皮门，闯进来把门脚
扭得吱响。这时升上屋顶缭绕的香火
剧烈地抖散。他就躺在墙皮熏黑的角落
带冷藏功能的灵柩中。玻璃罩内
几尺白布盖住全身，露出丝绸小帽。
我将木凳斜支在裂缝的灰墙
全身深陷下去。里屋，奶奶不时长吁
横竖躺着几个儿子，轮流到院子
捅落帆布篷顶的积雨。除此之外
夜静得能听见。风雨交织的颤栗中
生活和它的幻象，如翻滚不停的夜云。
我想起了以为忘记的一切。
叽叽喳喳，叽叽喳喳。头顶
一窝小燕子！五六只稚嫩的黄嘴
自门内横梁上半碗状泥窝探出
急促地鸣叫。今夏来过三次都没留意

它们没在前檐下搭窝，却把家
安在了屋里。三叔说每天奶奶开门后
老燕飞出去，关门前回来。我想问更多细节
可他更关心灵柩上拴的公鸡又打鸣。
它蜷缩在后门石坎旁
从子时起叫了好几次。按老说法
这很吉利，并且少见。不管谁出来
三叔都念叨一遍。那简单的神秘
对单纯的亲人们是挺好的安慰。
而我一直被那窝燕子吸引。倾听它们
感受这小小奇迹，在这夜晚的魔力。
破旧的压缩机“嘭”一声突然启动
唁客一到猛烧纸钱，震天的哭声和戛然而止——
面对打破的平静它们好奇还是恐惧？
莫非也感到丧失之痛？他六子一女
今天都守在这。商量明天丧席的安排
谁去火葬场，谁跟车买菜，
完全漠视头顶叽喳叫着的一窝。
时间在光线微妙的变化中流逝。它们的叫声
生动如我的悲痛、长久以来的思乡之情。
这个守灵夜，就像那个简陋的窝
成为我们悲喜之源。以它为中心标定着
新生小燕还没经历过的外部世界。
它们将学会飞，在天空自由翱翔，
雷雨天低掠如黑色的闪电，晴朗的黄昏
在天线杆上婉转地交谈。那一天到来时

门板一开，它们会毫不犹豫地冲出。

2

每次谈起这些你难掩自豪：
两百多亩地，抄家时抬出大洋七顶缸
上辈在东北的分支沿街三十多家商铺
连成直角半围起自家的工厂。
还有那位“老糊涂”，解放前夕
别人卖地逃亡时买下大半个县，论起辈分
是我一位太爷……这些
对我来说都太远了。就是你八十四岁的一生
我了解得也不够深。知道你劳累一辈子
和土地打的交道超过了人。
年轻时羡慕歇在墙根的伙伴
为他们没咱家那么多地。你兄弟六人
又生了六个儿子，他们结婚后分家单过
你还得这家那家帮忙干活。那时
他们哥儿几个在东北卖鸡，轮到晚上浇地
媳妇们都叫你去，春种秋收也一家不落。
高中时，我回家拔麦子，村南头的“稻田地儿”
你七十多岁还落开我半垄
怎么也撵不上，打捆一个顶俩……
能想起的也就这些，我们没啥共同经历
好像等我长大，你就老了。没见你穿过西服
中山装，甚至新款凉帽也拒斥，常年不换

你那顶古董式的圆锥大凉帽。
一辈子没做过什么惊动的事，勤奋地活到这把年纪
就算最大的成功了。晚年爱到小卖部前
和老头们聊天，到几个儿子家坐一会儿
就回去。最后一年你卧床不起
念叨着我家翻盖房却没能去看。
一直瞒着你。但肠癌导致便血
到后来一天十几次，我能通过你的哀叹
感到对死的恐惧和由其滋生的解脱感。
我们从未有过关于自我和严肃话题的精神交流
基本都是我回来看你
你问我最基本的生活和工作
每次都叮嘱我做事千万要正派。
你以我到海关为傲。是啊，确实
没说过更多话，想来像层薄薄的隔膜。
只有我心里知道，那是因为我们无须去说。
你的温和寡言，隐藏着的家族特色的暴烈
比这都重要。咱爷俩就像跷跷板的两端
一老，一小，完美的平衡。当它终于被打破
我这头沉沉地坠到地面。你的祖先，
我的祖先。我没见过他们，
我双脚着地，通过观察自己找那条根。

3

雨后的院子，起棺前最后告别

白袍重孝的子孙排跪到大门之外
在执宾人指挥下放声大哭。姑爷们
依次磕头烧香，扛棺材的年轻人则算计着
柏木板的分量。然后鞭炮开路
灵车载你缓缓前行，走在前面的亲人们
不断返身下跪，沿着主街兜圈儿。
那铺满全街的哭声和我的沉默同样真实。
村里人最少来了一半，看热闹
当然越泥泞越好。有的只在自家门口
还有许多在丧列两旁一直跟随
占了好走的路，举幡提灯笼的
又不好意思太明显地躲水坑。
而最狼狈的儿子、媳妇们都要俩人搀扶。
我搀三叔，掩饰着发不出声的窘迫。
最后到村东口哭声达到高潮
灵车甩掉试图拉住它的泥浆和悲痛
加快速度，消失在路的远处。
接下来，三小时后，火化回来
打院子重新开始。跟在棺材后直奔坟地。
抬棺材的总有一侧躲不过泥坑
互相呼喝。因为距离远，速度快，
这次戴孝的亲人拉成长长一溜，扎眼的灵幡
花圈和纸人阵拐入田野……整个上午
我像个看客，疑心自己的真诚。
我所留意，是池塘、树木、老屋和田野，
那条你最后一次走的路——你一定

也看着它们。我想起你和爹曾在这一片
见过狼群。我们把坟头造得很大
但不是最大。老爹说每年还要加一点。
我们还说了别的，什么时候回去呀
城里的房子呀……如释重负的回家路上
正午阳光下村庄出奇的明亮。
我回头看你，不管累还是痛
在你停止的时间之上，我们仍须走下去。
因为由生到死，这之间的狭窄光隙
对我们何其广阔！无论其精彩还是平淡
像闪电从天顶到大地
或如雨滴从云间到河面
只有它真实，超越它我们无力承担……
你不了解我选择的诗歌之路，但会同意我
努力走得像个庄稼人。我经历得还太少
但愿这长篇大论没令你厌烦。那么
别了，爷爷。你一辈子不好与人争论
此刻更与这世界彻底和解。

2006　廊坊

盲牛犊

它出生时一切正常：爹喊来邻居
帮着往外拽，妈备好热水和剪刀。
那头母牛卧在当街不断用力
挤出痛苦的低哞，直到最后一下
猛站起来——它就落在世上。
哦，湿漉漉的，好奇而紧张地
感受一切，耳朵、眼睛、嘴，
被回身的母牛慈爱地舔着。
爹则忙着包扎脐带。“看，宽屁股，
多匀称的黑白花，小乳牛！”这时
蹬开四肢，晶亮小蹄子触到地面，
颤巍巍，打着趔趄站了起来
到胯下摸索。我也欢快地看着它。

可大家的兴奋很快僵住了。
小家伙没找着奶头
却抬嘴在相反的方向空空地够。
妈手领着，反复几次才让它吃上奶。
过了好几天，全家才接受这个事实：
它几乎看不见，是头盲牛犊！

母牛整天涨得直叫而它总吃不饱
妈挤出牛奶用旧奶瓶喂它。
还是一天天瘦了，长出眼屎
皮毛褪去光亮，干涩地乍着
没法到田野撒欢，只能在院子乱撞。
上街也走不远，最爱到东边李光家，
它常误把拴在那的黑牛当成妈
固执地要奶吃。

那是一个下午，我找遍了熟悉的地方
到房顶也望不见。急得挨街找
墙角、河沟、麦垛和茅房，
直到没抱希望的西马路上——
离家不到一百米，可它从没来过这边
——迷茫而慌乱地站在那。
我轰它回家。它像受了惊吓
开始笨拙地乱跑，沿着墙根
蹿回相反的方向，宁肯闯进刺刺秧
也不走回家的路。一连几次
我累得够呛，它也喘着气，傻站着
和我对峙在那没人的街角。

我鼓起劲再来，还是一样下场。
阳光忽闪着，当无奈无助地增长
一个凭空而来的念头让我把手伸向了它
大概两米开外——

这就是我要写的：它感到了我
来回摆动的手，试探着接近过来。
我极慢地往家移动，它也跟在后面。
我一直回身，伸着那只手
保持距离和速度。它亦步亦趋。
我激动地回头看它。

那段路，平时一两分钟，此刻
多么缓慢，它充满信赖地紧紧跟随。
铁门一响，就随我进了院。
当它又淘气地弄响菜园的铁栅门
我还在怔怔出神……
今天早上，我下楼时想起这些
它的憨厚模样，失神而疑惑的目光，
很少却动情的哞叫
未及钻出的犄角
以及那个温暖无风的日子，我和它之间
那近乎神秘的磁力，像是互相引导
带我们一同趋向某种光亮。
为何超人的沉静只和盲眼结伴而至？
它天真的缄默，又何以视疾患为当然？
槐香飘荡在明亮宁静的傍晚，
不久，我和爹把它埋在了池塘边。

2006　廊坊

老房子

她坐在石头上，拐杖架在两边
像一对耷拉的翅膀。
镀锌大门，一扇闪着上午的微光
另一扇浸在墙垛的暗影和往日锈痕中。
被一根发黑的铁链串起
彼此无法摆脱的命运坠在一把小铜锁上。
铁链和亮晶晶的新锁——像一个叹号。
她的孤单那么渺小，就像身后这孤单的院子
最被忽视的角落。这院子
孤单得连个秘密都没有。
进门右手是牲口棚，石棉瓦搭顶
一根木桩撑起架在东、南两面墙上的横杆
不能更简陋了。石巢下砖基潮湿而发黑
那儿的眼泪，没人看得见。
骡子是院里唯一活物
站在草料和尿搅和的稀泥中
打着响鼻撅着屁股，它老了
尾巴在过道甩来甩去。左前方是破落的草棚
右边半米高的花墙内，十来畦白菜长势喜人。
老房子就缩在菜畦和水井后面

被东边宝柱家新房的影子完全压住
似乎难以承受而稍有变形。
墙、窗户、椽口都霉成灰色。窗台上
一只缺口的瓷碗，尘土已在上面扎根。
一卷铁丝，一个深褐酱坛。
水井那儿原先有丛樱桃
墨绿叶片含着一串串白色果实
摇撼每年五月的轻风。
树没了春天也不再光临
只剩下冷冰冰水井。
迈过门槛，穿堂屋隔开东西两间。
灶台黑乎乎，屋顶早熏成黑炭色
分不清苇帘和椽檩。带绿锈的长柄葫芦瓢
扣在大水缸盖的铁丝把儿上。
它的眼泪在缸内泛起涟漪。
西屋快塌了，一根后加的柱子抵在当中
颜色模糊的棋子散落在棋盘上。
粮缸上摞着实撑的口袋
靠墙挤成一圈儿，陈谷味积久难散。
一台磅秤，称着时间与黑暗。
进东屋，是衰老的气息——药味，霉味，
她孤单得只剩这两个味道。
老式方格木窗，塑料布鼓着肚子
在刚过去的夏天扎出无数小孔。
十多平米土炕，苍蝇和胶皮苍蝇拍
都感到了秋意。吊在墙洞

积满尘土的灯泡刚好照亮那点儿尘土。
炕下，阴凉的暗影中，一张八仙桌
摆着电饭锅、碗筷、盆盆罐罐和米面——
于美观无关，最好一张桌子解决一切。
早坏了的 TCL 牌彩电压在
连秘密都没有的红木柜子上。对，
没有秘密。姥爷走后
那里连酒都不藏了。他在这儿躺了三年
她也将在这儿度她最后岁月
看着几大木框黑白照片发黄
彩色照片泛白。她唯有在这面墙上
能每天见着远处的儿女、孙子、外孙
由着他们越来越模糊。
她心里有多少秘密呀，耳朵聋了之后
这些秘密被锁得越来越紧了。
她也像照片一样被锁在了过去和未来之间——
一面是乌黑、发硬的木背板，
一面蒙尘的玻璃，就像剩余的日子
一眼就能看穿。留给她的空间多少呀。
我想到这房子就在村子中心
离大队部和电影放映场都不远
人们从四处向这儿汇集。
我曾在看电影前先来吃点东西，
我曾在这儿被宠爱。
现在，空虚在这里是物质的，
所有我们赖以生存的价值、意义、信念，

万物更新、美之根本，什么都不光临。
阳光闪耀的外墙和房顶
雨和风刻划着每一道新的蚀痕
每件物品都落满沉默。
每一沉默都发出细微、短促的爆裂。
就像槐树皮裂开那样。好像在说
什么都是空的，空得连秘密都没有
而这就是我们的生命。

2010　北京

稻田地儿

村里有过一大片稻田。
在东南角，终日水中浸泡，
那欢乐、湿润的泽国。青蛙和泥鳅，
蚂蚱和蚂蟥。吓人的红脖子绿
稻丛中隐匿，留下
风吹过一般水纹颤栗。

去那儿要穿过整个村庄。一出村口
一台台抽水机轰响
喷着水柱，像脉动的白色拱桥
连接地下与地上。
鹅卵石，绚烂的小彩虹。方形水池中
水波层层震荡，水流向远处。

赶上半夜浇地，蹬着大号水靴，
在水渠中踩来踩去，寻找那些豁口，
不让自己家的水流进别人家的田。
手电筒晃动，飞蛾和蚊虫
雨点般敲击木杆上的电灯。
那么辽阔，那么阴森。

村庄在远处也只是星空下
漆黑一团。抽水机的突突声中
冰冷的水汩汩地浇灌。
一方方田块被镀上银光。
黑胶皮井口喷出的激荡活力
沉淀着，在每一根稻草上竖立起来。

并在夏天的凉风中
垂下沉甸甸的稻穗。那就是来自地下的
水的重量。到那时节，
镰刀割开还没干透的稻根
发出吱吱细语。稻捆
抛上大车高高的垛顶，抡圆了的胳膊

像要把自己甩上天……
那地方早改成旱田，还叫稻田地儿。
我一遍遍想起就是在那儿——
我们大声喊着，确信彼此就在不远处。
然后我用铁锹掘开又一个埝口
蹲下去看快速涌入的水流。

2012　北京

新 麦

他踩墙头上来，轻“嗯”一声算是回应。
背心搭在肩膀，捏着刚卷的纸烟。
用舌尖粘好后拧掉尾巴
晃了好几下火机才点着。
他没立刻开始，而是斜倚到邻居家高出的房檐
看村北冒烟的土路和收割的田野。
那幅画，如砖墙砌在他的记忆中。
脚趾头使劲夹着麦粒，脚板
硌得有点痒。

天边，云山宁静得发亮。
他喜欢踩在那上面。
清早摊开均匀细垄
被阳光吸走水分后，变硬的颗粒
吐出真正的麦香。
他走过去接过儿子的簸箕
让他挣口袋。沉甸甸的麦粒
“刷”地灌入，紧拽袋口的手快速合拢
压住翻腾的灰土。
使劲一墩，老房开始颤抖。

照常话不多。除了暴雨中冲下粮仓的麻雀
午休时在河里抓的嘎鱼
几乎没谈过他的工作。
那是件苦力活。麦子
一袋袋竖起。他使劲拍拍最后一袋
宣布收工。又点上烟
半蹲下去，挨件扎口绳。
浓黑灶烟在身后竖起来
凉风不惹眼地渗过
抹去了拉长的阴影。那墩粗一排
在房顶凸显出来。
他静止其间，像一座塔钟。

2007　廊坊

雪

1

雪。发出惊叫
唤醒孩子、老人、最沉闷的人。
轻盈、洁白，挤碰着闪烁
充满晦暗天空
落在马路、草坪、树木，所有平面和斜面。
花园和假船上足迹模糊，现在
空无一人。
汽车像在另一个世界
无波地航行。
远处，消弭了斜顶和天的界限
楼群更深地陷入酣睡。
越来越大了。疾风中
呈斜线砸落，发出嗖嗖的响声。
高处的积雪被吹下来，形成转瞬的烟雾。
风一歇，又恢复轻缓、安静。
大片大片挤进防盗网
如日光下的尘土翻腾，悬浮。
恍惚中，还向上升起。

老婆和儿子下楼了，屋里也一片静寂。
他们走在雪中
他最喜欢使劲在雪上跺脚
他第一次在雪中目睹这样的奇迹。
我在窗前，感受从裤管上升的凉意
透过其晶莹，纷扬旅途和无声息的终点
看见家乡的田野。
那里风声和雪声，凄厉空响，
雪花不断地落在昨日的新土之上。

2

你正直，倔强。
日本兵追你，你站在狂奔的骡子车上
推下大石头。你闯进县长会议室
揭发单位糟蹋粮食。
你一眼能看出牛多少斤肉
常常买下马上就能转手。
你不抽烟，把酒成排藏进柜子
最无聊时，六十多岁，骑车去卖冰棍。
退休后，你在村里
骂大队干部，他们的吃喝风。
在电视前赞赏新成就，骂那些更大的贪官
而最后的日子，你只能骂自己的儿子——
四个孩子各有难处
这三年，你躺在床上，照顾你的人

自己也需照顾。肉都硌烂了
在那个黑屋子，小孩子进去害怕。
它的光阴，更多是阴。乌黑一团
堵在心口——
有时我们目睹悲剧
却无暇顾及，默认它是某种必然。
三年！当我儿子享受阳光，你吞吃着
越来越重的黑暗之空。
那乏味昏沉，是爱之缺席。

3

雪还在下，一整天了。
踩硬的路很快又积起松软的一层
每一步都是陷阱，
一尺高的篱笆，只露半寸。
抬头，从无底的虚空
雪花不断地落下。它们变得更硬、扎脸。
它们融化，噙满双眼
容纳三天来的沮丧、后悔和麻木。
那暗昧、沉闷、永恒的虚空
也正渐渐被黑暗填满。
路灯下，闪烁着石英的微茫
雪无穷无尽地洒落
人们开始回到自家灯光中去。
明天，那个安静之处

将在阳光下耀眼，雪烟自荒漠般纹理上扬起
到后天，将融化和浇灌。
而此刻它们无意终止
滑翔的悲痛，闪耀在暗红天宇。
对不起，姥爷。我没赶上火车
在车站，站了一小时。
新年钟声悠悠回响。词语不再是这冬天
隐匿之物。它落满大地，令我深陷。
它化成眼泪。它正在冻结
成牢固的安慰和幸福。

2010—廊坊

蜻蜓王国

傍晚我路过小池塘
蜻蜓飞满半空，闪着橘色亮光。
雨后它们从水底钻了出来。
核桃树、榆树和槐树四面围住
这个村里僻静的小角落，成了它们的王国
我是贸然的闯入者。

蜻蜓是完美的昆虫。
整个世界都在它神奇的复眼中。
透明的薄翼看不见地掀动
托起意念般敏捷，就像不含重量在飞。
宁静的水面，天空陷了进去
明黄色暖光照亮了云影。

当我转过身，虫子啃秃的小榆树上
它们小飞机一样落着。
发亮的翅膀暴露了它们。
我蹑手蹑脚靠近，屏住呼吸伸出手
猛地一抓
就攥在了手心。

糖衣一样脆而柔软的翅膀
小脑袋咕噜噜转动，细脚抓挠，尾尖蜷起。
那一溜榆树丛越来越暗
我轻轻移动着步子，紧盯那些惊飞的
又落在不远处
把一只又一只抓在手上。

一对对翅膀叠在一起
一寸来厚，身子紧贴着呈扇面打开。
天更黑了，我再也捏不下更多。
回到家妈正在院里簸米
我给她看了看那发蔫的金色一团
不知该拿它们怎么办，扔给了捡米粒的母鸡。

一阵骚动。它们争抢着吞进去
衔起最后一只，追逐着跳上木梯。
不到一分钟就平息下来。
当我在池塘边全神贯注地接近
抑制着内心捕获的狂喜
多希望被分享——但不是以这种方式。

2012　北京

风暴眼

——给王志国，我同名的人

一

公交车呼啸着追逐自己的影子。
闪亮的槐枝下，我飘浮，
在交织的光中沐浴。
大榛峪村，夜色浸泡的核桃树
在院心吐出黎明。那硕大、梦幻
清晰的灵魂的枝冠——
每次醒来都看见，并深深啜饮
那自在如同呼吸的存在。
在久违的雨中，暗灰山影升腾着烟雾。
山腰的树丛、脚下溪流
每片树叶背面，我感受视野中每一处
从有限到无限的神秘。
在廊坊，颈椎把失眠搅成一团。
在飞机上，我害怕。
到达成都上空，旷丽的冰湖
连绵不尽的冰雪世界
长达十几分钟难以分辨……
在所有这些地方、时刻，我想起他！

那个和我同名的人。
发生在我们间的巧合，三十年来
由名字构成的关联——命运把我们
朝两极越推越远。我没想过会这样。
我一直叫不出那个名字，
在这个世界上，他曾经，
现在仍然是另一个我。

二

守在故乡是种幸福，而远方总在吸引。
当我们各自的世界扩展时
彼此间交集反而减少，好多年才又见到
我回村时，他正在卸车，热情地打招呼
我也热情回应，几乎没认出来。

大家都叫他“小志国”，因为他个儿小
人机灵古怪。他比我大几个月
上学第一天，老师为了方便
开始叫我“王志军”。
从此他占了我们两个人的名。

他家住在南头，他有点黑，有点龇牙
有点蔫坏。我还记得他多少？那次
我自己都没料到，一把打掉他刚买的雪糕。
他满脸惊讶，但没发作

又去买了一根，只是说：不带这么逗的。

——那是小学三年级。
四年级就不在一个班上
好像留级了，中间是一片空白。
脑出血，植物人。这个突然的消息之后
我才又了解这些：

他靠拉脚儿为生。洋灰，砖。
特别泥腿。他早结婚、生孩子了（这是自然）。
村里发病好几个，他最年轻
没任何征兆。媳妇听说治不好
领孩子回了娘家。他爹为手术掏出老本。

“说是保住了，还不如不治，
钱没了，他娘伺候他什么都干不了。”
半年后爹从老家回来，说：
“出事前斗地主，赢了六千块……
会笑了。”是呀，他本来就特别爱笑。

三

它们不知疲倦，在那盏灯下
绕着坛子状的谜团。越来越多地
从黑漆漆的山林、溪谷中飞来
加入这秋意的、迷乱的、旋转的小宇宙中。

频频撞出细微的声响。

东家搬来一个圆凳，摞在椅子上
架上半盆清水，像个仪式。
水纹逐渐止住。感到反光和冰凉的吸引
飞蠓不断扎进水中。“少多了吧。
祖传秘方。妈B的，叫你们闹！”

来串门的年轻人，不断把这脏话
插进每个话题。但习惯后开始喜欢上他。
是，少多了。但舞蹈并不中止
在光的召唤中，痴迷的舞者
被更高的激情所统驭。迅疾地

上下盘绕，它们划出的虚影止于
短暂的停歇，又不被注意地飞起……
直到大家散去，灯，无声熄灭。
第二天，我看见那盆——晨光中
浮着密密一层（水加深了它们的颜色）。

一只蝴蝶无力地抽动。两只小甲虫
还在挣扎，划过尸从像绝望的小船。
好多沉在盆底，在红鲤鱼图案上形如沙粒。
已然止息，生命的旋涡。死亡的恐怖和玄秘——
对这一切，不必过分惊奇。

在那冷热之间，一立方的微缩世界中
是实在的虚空——不可抗拒的引力
推动着死亡之舞。打破
并更新着那唯一的光源所界定的秩序。
哦，那闪亮、凉爽的安慰。

四

天越来越凉了。那里满山的栗子
正胀破刺壳坠向地面。
秋天的树也一同坠落。困顿、沮丧和麻木
让我渴求。那汪泉水
被石块和水泥封死，U形铁槽一插进去
就哗哗地涌出。永不间断
封闭中自我感知的沉默水源。
我想象他躺在家中——
他妈把粥汤从鼻孔灌进胃里
可乐瓶放在被攥紧的手心。
如丝的记忆和感觉
用全部的意志尝试绷断的弦
那不见底的黑洞……我懂了
一直以来占据我，不是他突兀的命运
而是超出现实那绝对的静止
和我们的漂泊形成的对立与平衡。
就像深沉的水底和不安的波面
浮游的云朵和静止的山

狂暴的龙卷风与它孕育的风暴眼——
它从天上注视着我们
那被匆忙所忽略，百花齐放的山谷
颤栗的原野、沉甸甸的果园
激动的闪电与驯服的河。
大地上的安闲、自在、萌发、满足。
那深深的，生命的尊严和静默。

2009　廊坊

羊

母羊生下小羊。我和妈守了两天
她总让我过会儿就去看看
有动静没，可还是下地回来晚了
一阵手忙脚乱。
然后我们听到了湿漉漉的“咩咩”叫
小羊
想站可站不起来——
它只有三条腿，它的名字叫踉跄。
那是一个春日，寂静的村子
像吐着香味的果核一颗。
小燕飞下屋檐，在晾衣杆上
试着歌唱。

母羊生下小羊。流血了，
妈也拿不准是不是应该这样。
它卧在那儿不吃东西
温柔但无力地看着
一个孩子爬起来要吃奶
另一个，就像还在肚子里玩蹬胎盘的游戏
一个劲在原地跌倒。

它用眼睛回答它的呼叫。
而妈不忍心看
她把小羊扔了，它的名字叫悲伤。
那是她养的第一只羊
那是它第一胎。母羊再没吃一口东西，
它死了，第二天。
妈在屋里哭起来，我头一回见她哭
像个委屈的孩子。

留下来那只渐渐长大
大口喝妈买回来的牛奶。
扔掉那只也一点点长大——
邻居的孩子，我的小老叔捡回了家
他不忍它在河沟“咩咩”一宿
它的名字叫怜悯。
它的名字叫幸运。
它喝他挤的狗奶，学会三条腿蹦。
两只羊都一身纯白
跟它们妈妈一样。

后来家里再没养过羊。
她也没再为这种事哭过。但她还为别的事哭
就像受委屈的孩子，她一辈子没学会争辩。
就像她刚结婚，养了第一只羊。
那时我还是懵懂少年
不知她哭跟哪只羊有关。

我想起等着生产那两天，跑着趴上木栏
它总是安静地卧着，在等待。
妈在炕上干针线活，她也在等待。
就像她成了它
充满了新鲜、快乐和害怕。

我还想起
我们曾一块守着抱窝的母鸡。
每天我蹲在那看。直到
小鸡真出来了，我跟在她后头
去看母鸡把小鸡领进房东头的草地。
现在，她哄着自己的孙子
从刚生下来不敢抱他
到他跳着逃进她的怀里，真快呀。
我真没想到，三十年过去了
她竟然还会那么慌乱，那么惊奇，
那么为自己的爱与错
而责怪自己。

2011　北京

缸中泥鳅

小时候，都用罐头瓶养鱼。
麦穗，鲫子，爱趴底的老狮头
永远长不大的张老布……
一般都活不长，怎么换水也不行。
一次，我发现一个空顶缸
决定用它试一试。铺上沙子
摆两块顽石，抽满水还捞来金莲子
把小鱼小虾放进去。
然后看着麦穗欢快地在圆绿叶伞下
闪出银光，青虾在水草上弓身
猛地倒弹出去，双钳半张悬在那
一副缸中主人模样。
我趴在那看不够，想象它们就这样下去
过阳光和雨循环的夏天
在初秋给石头涂满光滑的鱼子
即使冬天，也能躲在冰下呼吸。

第二天，一些虾死了。变白
沉入水底。几条小鱼也翻上来。
我没气馁，活下来的肯定能适应。

为了更有生气，我又挖来泥鳅。
这些肥壮的家伙，一入水就开始撒欢儿
把小鱼小虾搅得像大风中落叶。
死虾残骸也翻了上来
伴着轻微腐烂气息。一连几天
不断有鱼虾死去，腥臭味越来越重。
我逐渐几天才去看一次
最后，几乎把它忘了。任它在西墙根
盛满雨水然后被太阳吸走
留下圈圈印痕。金莲子开出黄色小花
很快烂在里边。水由黄变绿
那缸，和周遭浑然一体。

一次下雨，妈说泥鳅浮了上来。
我跑出去，只有雨滴
不断溅起雨水的味道。
浅浅水纹下，一缸平静深不见底。
怎么摇晃也不见它们当初那样
一受惊就把缸壁磕得直响。
用棍搅动，只挑出变黑的残茎。
那段日子，每次下雨我都去看。
直到有一天，有一条跳到地上
黏稠的身子粘满了土，已经发硬
我才知道它们真的还在那里。
那真是幽深一团。
漂着小飞虫，一掌深的视野

微生物在游动。更深处
无从洞悉，就像它们从没存在。

夏天过去了。秋天来了。
缸留在那里，而我彻底忽视了它。
直到爹来和我商量，缸不够用
得倒掉。老舅安慰我说，早死光了。
可我知道它们还在。两天后
他们掀翻了它，泛绿的浊水四下流去
十几条泥鳅在地上扭动着
那么难看，瘦得好像蚯蚓。
他们问我要不要拣进瓶子
我突然觉得这一切再也无法挽救
不应该是这样的。不该让人
如此面对它们。

真是一些能忍的家伙。
蛰伏在时间黑暗的洞穴
在我们感知不到处，消耗自身来存活。
那是一个幻想的破灭。
总是这样，失败。它像砖一般坚实
和感伤、浪漫，所有这些最脆弱之情
构成了我们生命的基石。
是呀，我意识到它们还在那里
那一团发绿的水中。
那是种挺怪的感觉

当那些黄褐色身躯在院里扑腾
甩动的肉须，吱吱的呼喊。
它们瞪大的眼睛
终于暴露在亮堂堂的阳光下
而后被赶来的鸭子再次吞入黑暗之中——
我感到难受，却并不是出于爱。

2011　北京

磅　秤

他在粮库上班。三十多年
扛着二百多斤的麻袋
从斜搭的木板走上黑车皮。
每一步都踩在
重量带来的微微震颤。
没活儿时他们围在一块摔扑克，
也跟捣乱的混混干仗。

有时他们把长木杆从墙头扔出来
下班后绑在自行车上，
沿着国道回家就像被串在一起。
有时扔出来板锹、扫把，
麻袋、麻袋线——那是最好的口绳
家家都来要上半卷。

有一次，他们弄回来一台大磅秤
五六个人推进院里。
能称两千斤，全村只有两台。
这可不是墙头扔出来的，是借的，
虽然一开始他就没打算还。

它被摆在草棚边，秤台上架一副门板。
每天他们把牛卸下车
一头接一头赶上去称重。
那是他最风光的日子，
乐此不疲地把它们从集上买来
再运到别的集市。
但他终于没当上一个成功的牛贩子。
后来它被推到屋角，落满尘土，
一年称一次粮食。

是上锈了还是光线太暗？
它看起来黑乎乎的。我站上去，
取下最小的秤砣，称一称自己。
真是微不足道，
脚跟使劲它也只是吱吱颤悠
带刻度的横杆磕打着窄口的上下沿。
我突然想到，这是一样的——

当年他扛着麻袋走上厚实的松木板
不高的个子，结实如秤砣
也是这样上下颤动。
还有那些在门板上踩跷跷板似的
保持平衡的壮硕家伙，
“咣当咣当”下来，把门板踩翻。
他们再次拼好，牵下一头上去，

秤杆猛地磕到上沿
他的心也立刻跟着颤悠起来。

他站上来，会比我更重吗?
加秤砣，减秤砣。衡量他一次次加在身上
又卸下的负重。
他一辈子都在忙着把粮仓掏空又灌满
然后把每天五块钱工资
交到妈手上。
加秤砣，减秤砣。
检验他在买卖中的眼光，得意和失落。
归根结底他只是一个宁肯干活
也不愿动脑筋的人，血气方刚又沉默。
我又想起前两年他在廊坊，
把我们发的大米一下甩上肩膀
一阵风上了六楼。
同事们看得目瞪口呆，
而妈终于说出来那让他腰疼了好几天。
我给他买了红花油，
掂在手上，就像此刻捏秤砣在手心，
这就是我感到的时间的重量。

2011　北京

枯　井

不知道你们有没有这样的经历
小时候村里几个地方令我害怕。
先是一所空房子，树枝埋的篱笆墙
被雨浸得乌黑，野蒿在院子疯长。
木门、木窗都在朽烂
从它们的缝隙和小洞
一点点亮光照进房间的黑暗中。
路过时，我甚至不敢朝里边看
赶紧吐口唾沫——都说那儿住着黄鼠狼
半夜跑出来，不仅偷走母鸡
还叼走人的魂。

另一所房子在村中心，住着一个老光棍儿，
“小忍柱”。人家说他养了蟒蛇
就盘在房梁上。它会不会跑出来?
在街上瞅见他我都觉着害怕
怕他的沉默和凶眼神。他总是独来独往
提着十字镐，到处去刨树根
趁不注意抓走小孩子。
他还养过一只猴子，立在灶台前

远远看像个小人儿。
有人说，那真是一个小人儿。

大人常拿他来吓唬我们。
黄鼬庙，蛇屋。确实吓人。
而我最害怕的，是一口枯井。
“黄瓜园子”里的一口废井
顶着一块青石板。
大孩子说里面住着一条大蛇。
生出蛇蛋，孵出九十九条小蛇。
石板和井口有条大缝
白天我也没敢掀开看看。想想都觉得可怕
在那地下十几米深
狭小、阴冷的一平尺间
它们绞在一起，彼此缠绕
像在找自己的尾巴——
那一团暗金色旋涡，那一团黑信子火焰。
好像世界上没什么是稳固的。
一个又一个寂静的夜晚
那致命的威胁，在看不见处萦绕
随时准备着向外扩散。

2012　北京

鱼

——给志艳

大清早，我跑到池塘边。
用抄网堵住小水岔儿，快速扫向泥岸。
什么都没有。
我反复几次，又左右划拉。
泛绿的浑水从纱网滤出
黄色沉淀物被搅起来
散开如水中烟雾。网还是空的
滴答答淌下水滴。
空空的网，静下来的水面。
青色晨光罩子一样，扣住我的失落
我的秘密。

那是村里头一年引进白薯加工机
每家轰隆隆忙到半夜
第二天酸水从淀粉池
哗啦啦排进池塘里——
一个长满了水草、自我循环的完美的池塘
每天变浑一些。
鲫鱼呛得漂上来，张合的小嘴儿
像一个个小水泡儿。

孩子们每天都去遛上一圈。
东头儿李光兄妹摸着了规律
起早抄到十来条大鲫鱼。
我也想试试，却没那么好运
也许连夜做的抄网不行
也许鱼抓光了——
我不甘心，白天也去看
水比早晨更浑，不断注入的
冲激着泡沫的浊流中一片沉寂。

傍晚我和妹妹又去。
没一个人，水面黑得像个禁区。
池塘中央，密麻麻一片
小嘴吞咽着空气，像一只只眨动的小眼睛。
一个大水泡儿，比周围的大很多
缓慢而令人吃惊地在移动——
那是一条大鱼！它的大嘴
牵动着模糊的黑色鱼脊。
这池塘，从没见过这么大的鱼。

我使劲用抄网去够
够不到。让妹妹赶紧去喊爹来
而我目不转睛看着它
吐泡般一张一合，在水心盘桓。
有一下它突然潜了下去，又马上浮了上来。
越来越近，但还是够不到。

爹来了，他一步迈了进去
脏水浸到他的裤腰。
而他只盯着那条鱼，端着几米长网竿
把网口放在它前面
那鱼就直接游了进去。
他把它挑了起来，那张大嘴
半空中还在费力地呼吸。

它成了当天的晚餐
一条大鲤鱼，我忘了什么味道。
当它被抓在空中
扭动着黏稠的身子，我的激情已开始消退。
或许我们间唯一的真实
只在我看到它那一刻——
这条浊水中濒临窒息的、迟缓的大鲤鱼
命中注定要在我头脑中
游弋下去
和那个黑色的池塘一起
如一个黑色幽默。

后来那池塘干了，填成了宅基地。
两个叔伯兄弟为此成了一对仇敌。
那些扎进泥里的鱼儿
和腿间缠绕、凉爽的水草化作了泥土
那些光闪闪的日子成了过去。
我们所爱，常因脆弱而变陌生

所信赖的不经意间消失
但这仍然无关丧失，而关乎留存。
或者说，丧失成了一种留存
而留存下来的是种丧失——
二十几年后，一帧老照片大小的池塘
一条鲜活的、气泡般的生命。
春雨照常落在那里，鸭子无处可去。
乱堆的砖石将垒起新房
缝隙中探出圆角菜和落李。

2012　北京

樱桃树

樱桃树在墙脚，在积雪晃动的阳光中
伸展它的枝条。
没过多久它长出叶子
墨绿舌尖舔着红色的砖墙。
它一抖动，雨就沿着砖缝流下来。
硬结的土块因畅饮而平静。

樱桃树开花了。春天的每一个日子
被它高举过墙头
它把天空也举过墙头。
云朵飘过村子
雨绕着天线杆流了下来。
白色水雾侵入寂寞渴望的腰丛。

五月，樱桃熟了。奶白色花长白色樱桃
粉红色花生红色的。
甜美如我们的呼吸潜入了深处。
鸟儿落进去它收身摇晃
雨顺着屋檐流了下来
像又一道篱笆模糊了视线。

它在那里，欢快地摇摆
即使我们看不见。

哦但我们看见了，不管过去多少年
在什么地方。樱桃树
守着它的墙脚。红砖墙沉入黯黑
白灰缝被一点点掏空。它开花
结出串串果实。
奶白色花长白色樱桃粉红色花也生黄色的。
黑铁般柔韧，枝干荡开像一个招呼。
那道篱笆，那个院子
雨流了下来，从我们的额头。

2011　北京

选自《时光之踵》

论家庭生活

那时你谈论美学
借我借的书抄布罗茨基。
在很近的地方
离我很远时
你是我感性的爱人。现在
装修工没想到所有该想到的问题
我不懂得所有该懂的东西——
你的逻辑简单、坚硬，
脆弱中恨所有你树立之敌。
这么多年
世界，把我们更紧地挤在一起——

那时你是我心中光辉
快活和开朗如极光夺目。
如今那圆环早已褪去——
我们只是两个凡人
知道了有能力歌唱爱情
是多奢侈的幸福。

那时你是满怀热情的实干家，

要强、无畏。你的朋友是摇滚歌手、画家，
篆刻爱好者、空谈理想的人。
现在你唠叨、幻想、胆小，
除了儿子什么都不爱
捍卫自己像一杆矛。

而此刻，当我在后半夜两个人的
小小冷战中醒来，仍然忍不住
从身后紧紧抱住你。
像呵护冰上烛火，化愤怒
成同等宽恕。爱，乃至全部生活
不在高如何高，而在高
如何低于低。

2010　北京

寂静之地

他半夜大哭起来。
先是呜呜哽咽，然后用脚猛砸着床垫嚎啕
像平日耍赖或被揍一顿。
屋里人全醒了。他妈过去哄他
奶奶在一旁走来走去。
而他哭得更凶了，歇斯底里，让人害怕
轻碰一下就大声嚎叫。
他深入自己的梦如此之深
像落在磨盘盖住口子的深井。
他妈抱起他，他疯狂挣脱，力量比醒时还大。
我帮她，那小身躯在我胸膛和手臂间
剧烈地扭动，像在跟谁搏斗。
奶奶开始大声叫他的名字
试图唤回他。他妈也开始叫
王与溪！王与溪！不断拉高的声调
含有隐晦的驱走邪恶的愿望。
但他听不见。他眼睛紧闭
狠狠抓挠，没一点要醒的意思。
我开始有点担心，不知怎么
脑子里突然就闪现出那片荒草丛——

感到一丝恐怖。那是在中午
我们在河边结束了“探险”
他在一处好几家带孩子的聚会中站了好一会儿
然后独自冲上旁边的土坡。
我和他一起冲了上去
大声鼓劲儿。那真是片很大的平台
有两个足球场那么大，一条稍比脚宽的土路
从四边树木拢起的荒寂中横穿过去。
阳光炽烈，静得令人好奇。
右边三四十米，一棵向日葵支楞着十几个小花盘
孤单地缩在碗口大的影子上。
好看吧！好看。他说，
爸爸，我只要一枝。我说好的
选一枝送给妈妈。半枯的草很硬很高
刺刺秧抓着他的小脚。我背上他
绕过一个草掩的土坑，站到那棵葵花边。
我帮他折下最下面一枝
然后背上他走出那里。
在那条肠子般发亮的小路上，又回头看它。
空空荡荡，荒草和开始枯叶的树
让阳光更加耀眼。那里没有别的人
别的声音，脱离了我们闯入前那个世界。
就像脱离了某种真实感。
我没话找话，真好看，是不是？
他快乐地重复，真好看，是不是！
然后我们手拉手走出了那个高坡

穿过一片娇嫩如毯的三叶草
他看见了自家的帐篷举着太阳花冲了过去……
他还在不断哭叫，蹬着腿像要和谁玩命。
哭得眼皮红肿，精疲力竭。
他怎么能哭这么久？
他妈狠狠地说：“给我走，给我躲开。”
我坐在一旁，脑子里反复闪现那个荒凉的平台——
低矮多枝的向日葵戳在草丛
像个千手菩萨。一个深坑
黑洞洞的，我们从旁边绕了过去。
奶奶把三根筷子立在了盛满清水的碗中
它们真的就立了起来。
然后她用菜刀把筷子拦腰砍到地板上
把那碗水泼到门外边。
他在他妈妈怀里安静了一些
被她抱着在屋里转悠不再挣扎
还是哭，但开始喊“不开灯，不要，不要……”
最后他安静下来，睡在那儿，
呼吸因抽咽而不平静。
奶奶又骂了两声，以确定有什么东西真的离开了。
这些我都不信。但在那一刻
他在我的怀中像个小魔鬼
一种说不出的恐惧打心底升起
脑子里一个劲儿闪现那片荒草丛——
只是那一刻。光线凝固了一切
仍在上升的热度中有股腐烂气息。

我们居然在熙来攘往的奥体森林公园
深入到如此之深。它的静和美
吸附了那整片风景而成一方黑洞洞的静默。
那坑两米长，一米深
大小如一副棺材。
我平躺过来把手放在他滚烫的脊背
天亮之前几次醒来。

2010　北京

乡村婚礼

清早她被姐妹们围着
打扮好了
但租来的婚纱怎么也套不进去。

而他又撒红包又唱歌
终于进了屋
找到那双隐藏的鞋。

出门时他不敢抱她。
灰如屋顶的天
街道上空气新鲜又冷冽。

半路上她停下来吐了两次。
碰见对头车，大把硬币
撒在坑洼的路面叮当作响。

一进村路就给人群堵住了。
在围观者的簇拥中
他俩冲进了大铁门，身上

挂满冷焰火。
大喇叭在房顶放歌，全村都听得见。
而一半的人已坐在院子

看他俩对拜再行礼。主持人
拿腔抓调，大家也很配合
不管怎样的人家今天都要被尊重。

最后她老叔接过话筒
不自然但足够夸张。人们对他善意地起哄
超过一对新人。然后乐呵呵

起开啤酒，唠起家长里短。
一盘盘菜，从墙角的大锅被端到每一桌
壮小伙子们托着簸箕喊着让路。

她没想到自己会这么平静
只是觉得今天所有人都那么陌生。
吃到一半她下到灶台

守着自己包的饺子
里面的硬币是幸运的标志。
当小侄子哭着跑过穿堂屋

她看见某种空无。

雪花，在院子的嘈杂鼎沸中
亮得无声无息。

2013　北京

莲花山

有次我去看个病人。
一个挺老实的庄稼汉，烧糊涂了，
小媳妇似的背对着我，
问什么也不说。不说话!
给谁也没办法呀。
跟他家人商量了一下，打一针吧。
正要扎的时候，他猛地跳起来
一下把我扑到地上，
狠狠掐住我的脖子，
差点把我掐死。

我当时气大了，叫人把他摁到炕上。
拿出银针，管他人中、风府、上溪，
一针一针扎上去。
他越挣，我就越找狠穴收拾他。
然后我问他，你是谁?
我叫裴永海。
我知道你叫裴永海，你到底是谁?
我就是裴永海!

我接着扎他，你家在哪？
在裴永海家。
裴永海家在哪里？
在莲花山。
我一听，不对呀，赶紧问，
莲花山在哪？这回他死也不说了，
上牙咬着下牙，翻白眼，装傻充愣，
要跟我死扛到底。

我哪能放过他。不说，不说是吧！
我拿出最粗的一根针，
（边说边用手比画了一下，就像一根筷子）
直接扎进了他的脚心。
他大叫一声，我家住在莲花山！
莲花山——就是——
裴永海家的柴禾垛！

我们到当街掀开棒秸垛——
嚯！你猜怎么着？一只大红狐狸
仰面躺在那，
一条腿跟过电似的乱抖。
对呀，它被扎了脚心，哪都去不了。
老裴家人上去把它打死了，
回屋裴永海就好了，
还问我为啥喘不上气。
这不废话吗？

掐我的时候还一个劲喊我大名儿，
八辈子仇人似的，
这会儿倒揉着脚好像我不该扎他。
知道为啥叫莲花山了吧？
那肯定是它老家呀。

2013

湖　边

翠鸟追向它的叫声，
把我们视线留在摇动的苇丛。
恍惚间好像又瞅见它，翅膀一抖、一抖，
扯着直线越飞越远，紧随那找不见的同伴——
实际上它早消失了，粼粼水光尽头
是苇叶兀自晃荡，
阳光照看着那道扭摆的风墙。

在那玩水的孩子，把笑声盛在瓶中。
钓竿从芦苇空当伸进湖面，
一个家伙在打盹，另一个
把鱼一溜水漂拽到岸上。他们银色阳伞间
游人的帽子小船一般往返——
七年过去了，就像这样隔湖眺望，
点点滴滴都显出奇异亮光。

这时一只野鸭，从北边飞来，
到湖心上扑棱着转弯，掠过我们头顶。
你对它会飞感到惊奇，
盯着它落入西边雾裹的白光。

于是我们看见：那里薄云正在漫流，
不断汇进东边洼地似的阴云，
由白到灰，再浓黑一团——

这个下午呀，壮丽的云景
不起眼地变幻。移动，变形，堆积，翻涌——
七年。这些每天都在发生的事，
就像从没有发生。
但它发生了，在我们身上。
水波推远了闪烁的银光，
不断刷洗着石砌的堤墙。

而我们就这么坐着。一小时
又一小时过去了，越过湖面和对岸的树丛，
看见城市高处的反光一盏盏熄灭，
透出静穆之美。
我们说起又一个七年，
就像说又一个七天。就像时间是环形剧场，
我们能绕着它来回乱跑。

暮色不断从湖面升起，又从身边垂下，
直到我们只能看清彼此，一切都模糊黯淡。
一阵夹着风声的沉默中
时间如湖水凝止在这广大深远的空间。
接着雨落了下来

落在你我身旁。我们还是没动，
像一直拉着的手猛然攥紧。

2011　北京

冰猴儿

在“索尼探梦”，二楼陀螺展示区，
我单手就把拳头大的陀螺转了起来。
然后在那小木台子上
把它抽得越转越快。

小溪大声喊：爸爸，你真棒！
我拉开架势，把鞭子甩得啪啪直响。
忘了那么多人都在看着我——来这寻找科学的孩子们，
他们笑眯眯的家长。

还真有那么一下，我恍惚回了小时候的池塘。
我成天在那耍冰猴儿，我的冰猴儿比别人的都大，
圆鼓鼓的肚子顶着钢珠，威风凛凛，
疯狂旋转像要把冰层钻透。

那是爹半夜削出来的。
他可不是那种能工巧匠。在寒冷的冬天
他在外屋炉子旁，拿菜刀削一截椽子
弄出两只冰猴儿，再用砂纸磨光滑。

我用蜡笔给圆顶涂上颜色，
当它们转动，就变出一圈圈小彩虹。
那些傍晚，我在冰猴儿的旋转中忘记时间，
他在高高的岸上大声喊我。

想起来，他从没对我说过爱。
他不是那种什么都能说出口的人，
即使生气也只是一脚把我踢飞。
现在他老了，在粉厂做人生最后一件体力活儿。

如果我能找回它们，一定留下一个。
小小的虹彩。圆肚皮，豁口。
鞭梢缠绕在它的脖颈，抛出去
就稳稳落在冰面，快速旋转，

仿佛时间的戏法，根本停不下来。
是呀，停不下来。就像整个世界都在旋转——
我真怕它一旦停下，已是一个更老的他，
而那骨子里的沉默我还没好好分享。

2012

致与溪

山间平地托着它的村子
在时光中流转。
我与它们一同经历了晨起和日落。
寂静的水流，从山谷中涌出
穿过石床和两岸高高挺立的白杨树。
农民们将所有希望
埋藏于夜晚，一次睡眠之深。
而松鼠满足地获取了一棵
被遗忘的树上所有的核桃，
咬出一个小孔就掏空全部的果核。
它记着每一处埋藏之地。

我无数次想到，今后要常带你去山里，
画画，抓昆虫，奔跑。
陪你输完一天的液
从又吐又泄改为持续高烧，
十一点才回家。我从没有过这样的感觉：
你的脆弱是我的坚强，我的疲惫是我的希望。
急切盼你一觉睡着
八点之前不再醒来，

又频繁去辨别呼吸和体温
在抬不起身的困倦中渴望一声轻啼。

老天该对造物的自主尴尬。它还该
为其混沌而难过。
是呀，自觉有生以来最坚强，
也有新的害怕——怕时间徒然流逝
落光叶子的树下
只剩下掏空的果壳被敲打。
孩子，愿你和我一样
做一个不怕死，却怕失败而惜时的人。
和我一起，立志积极生活，早睡早起。
把每一天钉入脚掌，终将去到
从不曾梦想处。
山和水将很快衰老，肉体之人与世长存。

2009　廊坊

海　蜇

它委身在脸盆里。半盆咸水中
柔软的白色胶质，微微的生腥气息，
软塌塌一团，让它看起来有点神秘
也有点失去了神秘。
已不像海中自在飘逸，
落魄在斗室失去了威仪。

接下来是一场家庭争论。
他们要把它做成凉拌海蜇，
而我认为断不可取。
“没事吧。开水焯一下，不都这么吃的。”
她一犹豫，我更觉得可疑。
万一中毒怎么办，还是扔了吧，
想吃咱到市场上买去。
“扔了？”爹一听就犯了急，
“有个老头非跟我要，我都没给他。”
我知道我是过分小心了。
他不甘心，但也有点不放心。因为
它对我们都是陌生的。
我只在一次坐船时看见过，

当时我正瞧着船舷外绿色海面
不规则地扯动，银白色圆盘闯入视野，
令我惊奇。它那么大，那么无助，
在水中随波起伏。
为此我想到了滚滚的浪涛之下
深海中的丰饶神秘。
当然我也在纪录频道看见过：
几万只水母在大海中升起，
像另一片星空。每只都是一位王后
曼妙雍容，显现剔透之美。
可当它来到身边，不知死活，
我一点没有觉到它的美，甚至没多看几眼，
只觉得它是一个大麻烦。
我也很迟疑要不要对他们这么残忍，
这可不是一盘凉菜那么简单。
对他们这是一次神奇的经历。

要是让我重新选择，我还会让他们扔掉。
但至少会表现得更好奇。
好好看看那蘑菇伞帽下白色纱裙，
根状口腕，蛰人的触须。
就像小时候放学回家，发现他从贾河中
捞回一麻袋碗口大的蛤喇那样。
我不知道那会不会让他们更释然一些。
也不知道那只迷失的海蜇
被扔回海浪中想了些什么。还有大海，

找回了一只丢失的眼睛
作何感想？它总归有什么要想吧。
因为这只眼睛替它看见
刚进城的老两口来到海边，
就像他们的儿子小时候在河边走
总幻想发现点什么又人又奇怪的东西。
还真给他们发现了，
并在一群人注视下把它逮回了家。
不一会儿那女人又跑了回去，
拎回半桶海水，把它宝贝似的泡起来，
等儿子起床，好告诉他这骄傲的消息。

2013

婚纱店

从“啄木鸟”的黑色窄门
她手挽裙摆走上L型台，摆出木偶造型，
斜顶着胯，姿态生硬如她的表情。
华丽的礼服把她牢牢捆住，
提臀，扭胯，迈出完美一步——
仿佛拖着盛装的羊驼，
高傲如她的颧骨。

音箱像泡在水中，嘶哑又沉闷，
让欢快的音乐听起来强压着一团怒火。
特卡波湖。特卡波。
那里人真少呀，街道像被大海洗过——
叉腰，转身。每个动作都在她掌握，
准确无误。

堵得烦躁的大街，汽车喇叭互相催促。
远处砖红色楼群之上，黑色云块
堆积着等待塌陷。海豚，几维鸟。
湖水风一般把人完全裹住。
她不由屏住呼吸，抽腿向回走——

特—卡—波—特—卡—波—
星空，若是，流泪，先湿，的是，我的，心……
每一步都是完美的一步。
但并不轻盈，锥子般的高跟
磕击着红毯下的铁皮架，
发出吱嘎吱嘎的呻吟——
每一步，都是完美的逃离。

甜品站，旋转门，万达影城，国美电器。
一眨眼整条街亮起五颜六色的灯，
每个灯箱上都有一对厚嘴唇。
熙来攘往的人更密集了。
这一切进行得很快——一来一回，
短短一分钟。这是她在婚纱店前
最后一次停顿——

那就像喧闹的白天和沉寂的夜晚之间的
一次停顿。对那些步履匆匆的人来说
这个停顿够久了。
甚至来得及看看风景。比如
在高山线上，面对夕阳闭上眼睛，
透过眼皮触摸那温暖明亮，之后
夜幕在山谷中降临……

如果这平和的傍晚还有什么裂痕，
那就是我从商场出来，看到这场婚纱表演，

她站在那儿目光坚毅茫然，
嘴角飞快又不起眼地有那么一下抽动。
就是这一下抽动——
这可不全是她的错。她是那么难受，
就好像她的心裂开了，
让人们窥见它的动脉、血液、瓣膜，
内部所有的柔软和脆弱。
虽然只是一瞬，却足够她难过的了。

2012　北京

深　入

青草侵上路面。浓密的枝团
浮在潮湿暗影上，挤得路微微下沉。
环绕、变幻的山峰不见了
我们走在它的怀抱。偶遇的花狗
每次停下就回头顾盼，现在
也不见了。冷风迎面而来。
还以为这条路环行，兜个圈儿
就能返回，或者直达富春江边
像本地画家黄公望所描绘
展开令人屏息的美……
三小时过去了，随它在林中
越陷越深，愿望越来越空。
树影后是新的树，步步打开
更荒凉的景。这时林响如猛兽
自森森高处下来，惊动叶片。
小花狗再次现身，从灌木丛中
猛地蹿出。你失声，尖叫，
抓我胳膊越来越紧。

2004

在雨中

从建国门地铁出来你就能看见他，
在枫树、泡桐树和银杏树的小花园，
他走来走去，像个闪电刚刚击中的人：
胡子邋遢，爆炸头，脸黑得像挖煤工而衣服
上下全是洞。他住在木椅子上，
一件棉大衣下。冬天搭过一个帆布棚。
他的表情，挺自在，挺满足，
也有点像压着愤怒，一个人时
总是发呆沉默。但有一次他和几个同伴
在草坪用铁桶煮粥，我听见他叽里呱啦
抬手给人俩嘴巴。话是一句都没听懂，
而挨打的那个，没事似的接着吃。

有时你也看不见他。那肯定是转战别处了，
然后在你意想不到时回来。
和两三个总在换的同伴煮他们的杂烩菜，
用农夫山泉瓶子喝白酒。
可能他的同伴并没换过，
他太特别了，其他的我都没记住。
看不见你会想起他。而看见

也不过就是看见了。就像今天早上
他把胳膊肘架在椅背上
回身望着花坛。稀稀拉拉的小雨
在他头发胡子上小虫子一样乱蹦
往他手背很深的口子里钻。

衣衫整洁的男人拎着通勤包从他身前走过，
电臀像钟摆的女孩慢悠悠走过，
被书包拽住肩膀的小学生吃力地向前走，
一手打伞一手拄拐棍的老头儿也走了过去。
有人就像没看见他有人看他当看一座雕像。
而我走过去时在想：闪电会不会真的当空下来
在他面前劈开一道裂缝，从那儿
跳出一个更黑的人，一个失散的孪生兄弟？
看他呀！只是两眼空空盯着那块空地。
像在思考雨从哪里来呀，
绿芽为啥能拱开土坷垃，钻透
厚厚的树皮？

2014　北京

捕　获

水越来越深。他拽着浸湿的短裤
极慢地靠近，生怕搅起最轻的水纹。
那是平整的小绿圆叶间
一朵黄色的金莲子。整座池塘
无数金莲子中的一朵。在那小花下面
一对蓝色大蜻蜓抱着花茎。
他绕池塘追了好几圈——
它们连在一起，飞起来像喝醉了摇摇晃晃，
现在正在那儿警惕地相爱。
四对翅膀闪烁虹彩，下面那只
用尾尖刺探着水面，
像在发送爱情的电波，把数不清的卵粒
密码一样射进幽深的水中。而猛地，
在最伟大的激情中，被抓在手心。
那个阳光明亮的午后，那个激动的少年。
池塘，对孩子是完美的世界。

接下来是大孩子的主意。
他们用线拴上了雌蜻蜓，
带他到村北的河边。它挣飞着把线绷直，

被来回甩动。一只只
在河道飞巡的黄色、绿色和蓝色大蜻蜓
扑过来抓住它。然后一起
被从半空拽下来，摔在地上还舍不得分开。
这些神奇的精灵，在空中倏忽而逝，
不可触及，美得令人目眩。
这时被关进玻璃瓶中
缠绕成色彩斑斓、彼此撕咬的一团。
他用手捂着瓶子（蜻蜓咬人也很疼），
看见它们龇牙咧嘴，尾巴弯曲，
吐出污浊湿气。恍如心头
某件完美之物裂开缺口，他突然，
很想把手松开，教一切恢复原样。

2013

副食店

她突然没忍住，朝同伴猛扑过去
两个人像好斗的山羊
在狭窄的柜台撞到一起。
互相薅着头发，另一只手乱拍
把对方当作抢劫犯、几十年不见的仇敌。
端着洗碗盆的小伙子僵住
托盘和夹子散了一地。
冲上去几个人，但怎么也拽不开。
她破口大骂，哪样都跟她作对！
回到收银台强忍着哭。
我为她难过。为她们。
生活对她们是笼子一般禁锢
即使搏斗也只能在那里面，和同类。
好像伤害的不是彼此，而是那些围观者——
他们难道会为自己
无意间成为同谋而难过？

2013　北京

秦皇岛

——给叶鹏、盖涛

1

一座白色的城市。
当多棱的云在燕山南麓塌陷
被风吹着飘过发光的河流与农田
悬停在它上方，白色楼群
在漏下去的阳光中闪耀。

云朵继续飘上大海
在运煤船喷着黑烟的海天交接线上
不动声色地变幻。

一座蓝色的城市。
裙摆一样的海湾
白色花边舔着浸黑的玄武岩。
很黑，在赶海敲打贝壳的人中间
像一团团刚熄灭的火。

一座红色的城市。
鸟群一年四季环绕

当它在黄昏被远处的山影围裹
如一座收集鸟鸣的孤岛
那里可爱的人，一起啄灯光织的蛋壳
通宵发出“啪嗒啪嗒”的声音。
螃蟹爬满堤岸，蟹钳彼此纠缠
跳“啪嗒啪嗒”的小步舞
海水灌进白天新挖的窝。

它有很多种颜色，也有很多形状
就像任意拼装的积木花园。
这就是它！
一座在风中笛子一样会响的城市
那声音像本地方言尾音上扬。
一座夜空中星星一样会发光的城市
一座凉爽的，荒凉的
潮湿的，温暖的城市。
它的沙子它的楼房是白色的
它的街道是灰色。
如同幻梦中我仍然生活在那里
清醒时意识到我在别处。

2

大门外有五棵槐树，树下有五张小板凳。
她们说起那些遥远的地方：
北京，秦皇岛。

北京是首都，而秦皇岛是一座“城市”——
它成了我心中唯一的城市
矗立在我的世界最远的边界上。
我用铅笔头在练习本上接收
信号微弱的想象的电波。

直到有一天，爹把我带去。
我全忘了看见什么
只记得绕着一辆停在路边的中巴车乱跑
跟他捉迷藏。
然后在一个百货商场
绕着环形柜台一圈一圈地走
怎么叫我都不出来，问要什么我也不说。

一圈又一圈，我固执地不肯离开
眼睛里只有一样东西
那样他从我眼睛里看见的东西
大盖帽，跟警察戴的一样。
他一狠心，干脆又多买了件夹克衫
胸口绣着小飞机。
我成了村里最神气的孩子
而妈怪他不知道买大一号。
二十年后我来到这里上班
真的戴上了大盖帽。
我也终于看清了这座城市
和我想的完全不一样。

又十年过去了。它又从我的身边
回到了我心里。
临走前我去了趟南山头灯塔
荒凉的海崖边
老鼠成群钻出来像预示着某种地质灾害
让我觉得离开是一次逃避。
再次回去站在那
已是今年夏天一个晚上
黑色巨浪滚动着轰响
磷藻在浪尖上燃起串串火苗
那么不真实，那么慌乱！我真成了外乡人——
匆匆来，匆匆走，匆匆看上一眼。
我真想开车好好转上一天
一圈又一圈，看鸟群在海湾升起
梧桐落满一地。

2011　北京

坟头草

——给志广

轰隆隆的火车。太阳晒着
顶穗扬花的玉米田。
我俩从刺人的叶子下钻出来，
汗淋淋，发现这儿的草又高又密。

最荒芜所在，幽闭而少人踏足。
几十座土丘中白色菜粉蝶
扑动着野花的香气。我们互相招呼了一下，
像在征求什么人的同意。

然后手持镰刀走进去。
一人一个坟头，从底圈层层割起。
铁刃滑过松软肥沃的黑土，
柔嫩的青草纷纷倒伏。

但蒿子必须留下——后代有出息的祥兆。
一座，又一座。我们兴致勃勃
又心怀一点忐忑——
为我们打搅了他们的安静。

朽烂的棺木从草根下裸露出来
刀尖一敲就碎成粉末。
我又勾出了另一截，
一开始没有看清——那是一根细骨头。

我喊他过来。天正在变暗。
土色的麻衣，土里伸出来的短胳膊。
滚滚汗珠生起凉意，
青草味道中多了一丝腐烂气息。

转身时脚下一个空洞拽住了我，
差点陷进去。我俩强作镇定，
点评着各自剃的发型。很快就装袋回家了，
像从某个危险之中逃离。

2014　北京

书 虫

《安娜·卡列尼娜》第 239 页，
一个黑点顺着字行移动。
我揉了揉眼，还动，变了个方向。
它太小了，像个分号减去个逗号。
从动的方向才能看出哪边是头，
有几条腿也数不清。
一停下，就成了纸中的稻草屑，
或者跑到“万”字的顶上，
把它变成一个“方”。
它柔软、多汁，随便用什么轻轻一按，
都会变成真正的黑点。
这让我持书如璧，
看它兴奋像这页中的老猎狗拉斯卡
嗅到了鸟的气息。
它靠什么过活？
是被灯光惊醒了，还是昼夜未眠，
埋头苦读？从秦皇岛一直跟到了廊坊？
是饱览群书，比我们都博学，
还是在一页间读懂了整个世界？
在游览俄罗斯的乡村风景吗？

或者，只是在逃生？我把铅笔戳到前面
想让它爬上来细看。
它绕了过去，在页侧消失。
它的卑微让现实变得如此不现实。
我没再难为它。想到这个深夜
日光灯下读书的我，对它的关照
与命运对我们的眷顾是同一种爱。

2004

立水桥站

她穿一件老式格子衫，含着眼泪
窝在车门边。
右手背使劲碾鼻子
左手揽着孩子，攥一沓零钱。

孩子陷在她的怀里（她没戴乳罩）
睡得很死。当车到站她拽自己起来
随人流涌进下行梯。
白白的小脚，晃呀晃。

这时一声呵斥，打站台传来。
她回头张望，虽然
与她无关。我在她后面正好看见
一张张皇失措的脸。

就是她。有一次
她抱孩子过来，我起身让座。
俩人都有些尴尬，
像做了什么坏事被当场拆穿。

我只好再坐回去。我觉得人人都在看我。
而我却看见每个都在摇晃，
在这节正于它熟悉的轨道上转弯
阳光倾斜进来唤醒的车厢。

2013

蜜月旅行

一小时机船，逆江切开层层峰峦
到一座古人隐居过的小山。
真觉与世隔绝了，
船抛下我们，就原路返回。

潮湿的竹林，石阶曲折攀升
不一会儿就到山顶。捉住信号
打了一通电话。然后坐在临江悬崖
托着的小木亭，看两山之间

江水耀眼，慢慢流动。
这就是传说中严子陵钓鱼的高台。
当然没法钓鱼，太高了，
跳伞差不多。也许他只是像我

突然浸在这浩荡又似静止的奔流，
身与心都陷
时间的小旋涡吧。
不知小雨停了又下，下着又停。

我想留下住一宿。
可以凉亭小睡，醒了就看山看水。
但她说那绝对是家黑店，
“到夜里，喊救命都没人听见。”

俩人委婉讲理，累了就争辩以沉默。
我继续盯着那条迷人的河，想她刚才所说。
而她肯定一直做着准备——
船刚靠岸就跳了上去，让我来不及再劝。

2013

足球赛

当黄昏在奥林匹克公园降临，
几十亿光年的星星终于抵达并亲吻着
哑银色金属巢身，它被点亮。
五颜六色的彩光渐变，
搅动北京浑黄的夜色。
这是整个国家最恢宏的体育场，
不比赛时，甚至是票价五十元的景点。
现在，在它温暖的巢穴中，
全城两千分之一的居民，
谷粒一般镶进巨碗状看台，
被椭圆形的铁灰天顶覆盖，
恍如置身在一个独立的小宇宙。
（如果心中装着外面那个大宇宙，
他就是在小人国。如果心中只有这球场，
他就是在大人国。）

天气如此闷热。上万张门票一起扇动
远远看像落满了蝴蝶。
包厢黄里透红，熟透了等着摘采。
运动员在草坪投下花瓣状虚影。

当神奇的哨子响起，
这些十年前有名的老家伙（罗马里奥和范志毅们），
挺着大肚子，如同当年变形的影子，
全力追逐着快速滚动的皮球，
仿佛那是不老的青春。
追上它，再狠狠踢上一脚，听它发出砰的一声——
它也在气鼓鼓地嘲讽
岁月的毫不留情。
欢呼的巨浪涌来，他们努力保持平衡。
那是一种嘈杂、粗鄙而宏大的和声。
人们不停地喊呀喊，当球终于运转到门前，
每个人都从自己那被生活诅咒的阴影中
站起身来。在这夜晚迷幻的时刻，
他们一定是被星光击中了，
陷入如此天真的狂热。
把胳膊向上猛挥，爆米花撒到别人头顶，
将把那些注定消逝的抛诸脑后，
痛享着更易逝的生命。

2013

真爱的时刻

她突然从凳子上蹦下来，
用力把风油精摔在地上——刚刚
她用它涂玻璃窗上污渍
一边和婆婆吵架。
无非是些小问题，针尖和顶针的
小小误解，但这次她爆发了
像闪电击中的毛栗子
因委屈而说恶毒的话。
我训她她咣当当翻出车钥匙
要下楼去她也不知道的某处
大声喊别拦着我！

我在门口箍住挣扭的她
就像阻止青春期的女儿离家出走。
然后把她抱到沙发上——
最近她重了，可还是不到一百斤。
这是你的不对！我给她讲道理
她愤怒地还以不讲理。
——好吧，你也有一定道理，但也不能这样！
她又报以气呼呼抽泣。

我拽着她给妈妈道歉
她语气生硬，像宣布决定。

回到里屋，在小溪的小木床上
满屋子风油精味儿中我们接着角力。
我边安慰边批评
时而温柔，时而严厉。
她一会儿愤怒地反驳一会儿愤怒地沉默。
那就像理智的军队进攻感性的城堡
声势浩大却无功而退。
一小时，两小时过去了。
奶奶带小溪下楼了。
我继续抓住那些细节，滔滔不绝地分析
像一个给双方辩护的律师。
又像个训诂学家，陷在敏感脆弱的沼泽地
追溯每句话的渊源，它的真实含义。
再次说起无论如何这辈子
是我们走在了一起……

不管怎样我都会一直疼你，
你也得像原来那样照顾我。
我是这么说的，语调压得很低——
因为我真的累了并有些厌倦。
然后毫无征兆，从来没有过地，
在她生命中肯定也是第一次——
她扑进我的怀里。紧紧搂着

枕在肩膀上抽动。哭得那么投入
那么大声。风油精味儿更加浓烈，
一地碎玻璃碴，在那些小角落
闪着小小亮光。房间
寂静如高山空地。那一刻我真的感到了
某种变化。似乎岩石也在融雪下
变得柔软。我摩挲着她的头发
任她孩子似的涕泪横流
一下又一下，倾尽全力在我身上捶打。
而我狠狠抱住她，紧得两个人都难以呼吸
就好像我从来没这么彻底地拥有
又好像如果我松开
整个世界就会再次破裂。

2012

选自《野地的风景》

水　井

——给叶鹏

一方石砌的小水池。在屋后
黑色乱石堆积的山冲里
守着核桃树的阴凉和经年腐叶的气息。
早先的大水将石头冲磨光滑
刚好有两块戳在一旁。
他们管它叫水井，其实是一眼泉。
泉眼就在右边巨石下
水渗入池中，含着石墙与树影。

清早到那儿洗脸
拂去落叶就照见自己。
一捧水从手心浸透脸颊
那清凉，好似昼与夜的更新
也亲身经历。如果站上一小会儿
凝视那清澈和安静
身影就随小水泡破裂而抖动
感到自我从水镜中分离。

有时，白天也去坐一下。
水滴从树上落下，透进来的光柱

绞绳一般拽动时间的轮盘。
幽深天空，乌云和白云
常一日中几度转换
在那方寸之间。深不可测的夜里
满天星星熄灭
成一个太阳在燃烧。

雪花，鸟儿，落果。
一年四季它总是那样，水渗入池中
含着雨和风。
一切都在它无限的视野
能凝视它而感到那些曾经的存在。
而它牢系一户人家
与他们相依为命。大多时候
它太安静了，像块青石板陷于沉思。

就是那方小水池。
两尺见方，一尺半深，清澈透底。
趴在压住泉眼的石头上倾听，汩汩的响声在深处
连通大山中每一窝水泉。
可也许什么也听不见——
水渗入池中，没一丝动静
像它含着的村子和山峰。
它在看不见处奔涌，为那地方
注入感觉和生命。

2011　北京

山间水潭

——给巨文

在一座正苏醒的山中
我们来到半山腰一个水潭。
一个挺大的水潭，嵌在岩壁和一道石头堤坝间
碎冰浮满水面，像刚犁过的田野。

一小块冬天的、清澈的田野。
正被下午的阳光点亮。正被敲击、采集。
一个女人，站在潭心小船似的浮冰上
用竹竿把冰块拨到岸边。

另外几个女人，弯腰从水中捞起——
那些在水里透明，看似薄片的晶体
一脱离水面就呈耀眼的白色
在她们怀中灼灼闪光。那个大木槌

水桶一般竖在更远的浮冰上
槌绳浸在水中，思忖着它创造的不平静。
在它后面，冰瀑扣住倾斜的石壁
像巨大的鹤嘴锄要铲进潭底。一条裂缝
把它劈成了两半。它的底端

因水面下降而悬着，塌掉一角
露出几米厚切面——在那冰和石头贴合的
缺口深处，融水正哗哗地注入。

我们坐在石凳上，看着她们干这件活计。
那美丽而无用的东西
不断从水中搬出，抛在堤坝上
再被耙子和铁锹铲进山谷。

堤坝也是山路的一截
游人插空从冰块间穿过。
确实让人惊奇。你能感到每块冰都凉爽沁人
都像采获的收成一般沉甸甸的。

当我们再从山上下来，那儿已无一人。
岸边堆起了白色的冰墙
光闪闪围着那个水潭。水底正变成暗绿
水面漂着没捞尽的碎冰——

每一块都映出褐色的山峰，
山尖上油绿的小松树。风一吹
就地动山摇晃荡起来。而世界稳固如常
正如它在那些棱面上被悄然重塑。

2012　北京

时间与潮汐

深处一道道细线状波浪
涌到岸边高高隆起。
浪峰抛起的闪亮小水花
在短暂又神奇的飞行中
收集了那么多倒影。落回强大的潮头
最后的轰响，
给沙滩镀上层层铁青色反光。

第一次看见这幅画，
我就被它迎面而来的激浪紧紧裹住，
在它翻涌中屏住呼吸。
广阔静籁的空间，
苏醒的、冰凉而新鲜的感知。
右边褐色的山峰
从自身的暗影凸显出来
矗立在起伏的潮汐之上。

高处云絮漫卷，白色海鸟
上下飞旋不知疲倦，
像要摆脱束缚它们的黑色翅尖。

天空是它们的，
大海也是。而我们
拥有这静止的、流动的瞬间。
船帆如指针在墨绿色球面上旋转，
山脊架住光的杠杆，
把天空向上抬起，赋予混沌
以秩序与明晰。

2013

葡萄山谷

八月的阳光灼烧。一座座石头山
盘亘在四周丝状的云彩下。
峭拔的山峰和起伏的岭线上
皴染着低矮的小松树。因为缺少养分，
或是天气真的太热了，
这些小树像烤焦了蜷曲而发黑。
下面，从平缓的山腰，
广阔的葡萄园泛滥着向下奔流，
覆满整个山谷。每一棵树，
都是浸在大水中勇敢的树。每栋房子，
都是一座孤岛。也可以看成船：
当清一色的长方形水泥甲板
载着廉价太阳能浮出翠绿的枝蔓，
白瓷砖船舷和破旧的木框窗也裸露出来，
生活扬起它贫乏的白旗。孩子们，
在谷底用木棍敲打着
响铃一样漫过脚面的小溪。

近处条石架下，沉甸甸的葡萄坠满了庭院。

人们坐着马扎摇着扇子，
个个好似胸有成竹一般。
随着旅游业的兴起，这些黝黑的果农
正学习操练小小的狡诈，
而他们的笨拙暴露了骨子里的善良。
这是我的家乡。和我的村子相隔只有二十里，
可跟平原上完全不一样。
在这儿，我成了地地道道的外来客。

八月，光彩四溢的日子。
这大山的景观，醉人的空气。太奢侈了。
对我们固有的生活
像不真实的想象。我们还是不能忘记
甘甜中那最硬的核是苦涩的。
当我长时间站在房顶，顶着烈日久久地观看，
仿佛目睹了山谷在日出口落的明灭中旋转。
这时房东也爬上来，介绍房间价格，
并夸赞每一阵轻风。
还是太热了，我甚至怀疑那根本不是风，
而是我们对凉爽过度的渴望。
当我走在下楼的木梯上，这村庄的自然史中
一个偶遇的美好瞬间，豆青虫
在打卷儿的叶子上蜕变，夏蝉激情歌唱，
每一条茁壮的根，
正把水分从大地吸收到翻滚的叶浪

和酷烈的阳光闪闪交汇。炽热的太阳
全力酝酿着甜美的芬芳。

2013

大小汤河口

——致长才

一个平常的傍晚，不能更平常了。
快速涨起来的海潮
使劲抵住大小汤河平缓的水流
隆起来蛇一般扭动。
风推来一阵又一阵腥腐气息
又把它们全都卷走。
一切如常。蟹洞、棚屋、树顶、楼房，
全都涂满橘色的亮光。
自行车穿梭在远处刷白的栏杆
按着铃铛朝人打招呼。
太阳猝不及防就落下，
那些燃烧的小小火焰全都熄灭了。
只有蒲丛还举着火把，
跋涉在冰冷的水中。
陡暗的天色，惊动了隐蔽的海鸥。
它们安静地落满沙洲，像一滩浅水泛着白光。
现在，一声短促的叫声吹响了出发号
它们一同扇动翅膀
那么慢，像在慢镜头下
履行着庄重的仪式

轻缓而沉默地升到了青灰色半空，
悬在高处投下来的最后的光中，
如一朵锥形的云在旋转。

那美丽的瞬间，那秩序井然的
几乎停滞的瞬间。它们还在缓慢上升，
扩大，飞旋。越来越快
直到骤然惊散
大风中落叶一般
上下翻飞，喧叫着追逐，
似在欢庆潮水带来了新的食物。
老坟在林中彻底陷入了黑暗，
草丛上飞蠓酒醉似地狂舞。
鸥群落下来三三两两地散到各处。

那些日子，我常下班后一个人翻过铁轨，
闯进锈迹斑斑的槐树林
从野草遮掩的小路走到林子尽头，
坐在那看两河在入海口交汇，
源头而来的清澈
注入到那黑暗的咸水之中。那一刻
我感到舌尖苦涩。
也是在那我第一次看见白鹭，
滑翔着落下来我屏住了呼吸。
土坡在潮水中坍塌。
沙子从白鹭的嘴中筛出，

汇入淡水与咸水交融的永恒浪流，
随它在古老的活力中翻腾起伏。
而那凝立如剪影的硕大的鸟儿
盯着颤动的自我在水面消逝——
星空从水底浮现，运转起来。

2011

旱　獭

严酷高原上的自由居民，
稀薄空气喂养的啃噬者。
世世代代，它谨守避世的哲学，
懂得自身即一切。

清早太阳照进洞口，
灰白沙砾中探出头来。
冷冽而新鲜的空气，栗色草梗，薄雪，
每天都是全新世界，为它打开。

太阳升高它奔走在山坡，
寻觅果腹之食。圆滚滚的身体扭摆，
短棍状尾巴四下敲打，
似在贫瘠中作乐。

但它并不是一个漫游者，
也不算一个乐天派。
有人说它大部分时间都守在洞旁，
你肯定也在路边看见过：

哨兵一样抬起身子，警惕而温驯，
随时准备缩进去。多特别的进化论——
短腿，短颈，短耳壳。
若不是有危险尖叫，一直保持沉默。

雪山，冰湖，深蓝色的河，
在它的瞳孔中燃烧，燃烧。
梭梭草雨中打开，页岩在风中碎裂。
混沌的大地紧缩，紧缩，成一个窝。

2012　北京

紫荆关

一

雨后山村，山一样静。
阴沉已泛微白，雾气还没散尽
越远处越浓。
引导我们，发亮的小路穿过错落的石砌灰瓦房。
白墙上泪流描摹着鱼纹痕
渗进爆皮处拱开
更大裂口。它一定发出了声音
只是我们没有听见。
浸黑的矮篱，竖立起缄默乡俗
它凌乱的枯枝律法中
有麻雀飞出。
它们一定客气地道别。

向下，经过石头垒起的
巴掌大、桌子大、最大不过土炕大的菜园
是碎石和荒草的河谷——拒马河
仅剩一步之宽。
它像个孩子边走边唱。

对岸长城被时间遗忘。
灌木丛正吸收它的废墟并深深地扎根。
它们一定抱怨着环境的清苦。
只是我们没有听见。虽然
我们站在那里。

山峦层叠，由浓入淡直达天际。
含着村子我们未到的一角，右边山谷在凝望。
对面柳林
一副柔风之状。
山峰、微湿空气、水滴和鸟鸣。
深呼吸几口才缓过气
让远处听到我们的声音。
走下城楼就是农院。鸡刨着零食。
一只羊
拴在那。踩着冒烟的尿泡上撒下的粪球
它一定在暗自嘀咕。
只是我们假装听不见
它的眼神暴露我们是外乡人。我们
为什么来这
把永存的山野当成发现?

二

长途跋涉，寻找的
是隐蔽起来的自我?

以便和威严世界、溺爱我们的自然相对更像一个人？
半小时山间公路
抵达山之一隅
五间正房和十几间小屋
在满院杨树和茂密的山坡里。
院前，一条溪流
撞上峭壁前跃向一旁，
西面玉米地的新绿冲刷着孤岛似的小山。
黄昏正在降临——北面高大山脉
在渐暗时显出更深的轮廓。
我觉得有人爬到了那里。我们对视的目光
全然不同。

主人放羊还没回家。
两个孩子
只是一个劲地笑。
随后两天
我们是晨雾的穿山甲、星光的收割机，
是河边走走睡睡的流浪汉……
当刷白月光包裹着
漆黑的石屋，我们酣睡无梦。
外面广阔的山岭，云彩滑过起伏的峰峦
冷雾在夜色中酝酿
充满宁静的山谷。

2009

烈日下的风景

——给杨震

在奥林匹克森林公园。酷热
不像来自天上，而是地壳中岩浆
过于活跃。湖边的小山像座炉子，
向上喷着云彩。树上烧着看不见的火苗。
湖水因发热而冒泡。困乏的荷叶
直立着就睡着了，任由
不知哪条缝挤出来一丝风轻摇。

就在不远，一小块林间空地上，
树荫给草甸涂满了花脸，
踢足球的少年和老少年喊作一团。
橘色的小蜻蜓忽上忽下，
一下就勾起儿时记忆。一只蝉
从高处飞落，挂到柳叶上，
脑壳上的暗火纹，已经在熄灭。

哦，夏天最热的时刻，到处都是火。
电瓶车、割草机、鸟鸣、蛙语……
各种声音来回穿梭，交织着
寂静的天空，罩住闪闪发光的小湖。

一对情侣从小船上探身眯看
硕大的池鹭滑过头顶，
正好掠进一片飘过来的云朵下。
翅尖跳动的亮光，敛没了。
眼前一切接连变暗，那么迅疾——
一群嘶鸣的烈马，从湖面奔腾而来
穿过了我的身体。

2013

皂荚树

雨线细细的针脚，缝起四面雨墙，
撑起绿色树顶。这里住着狗尾草，蚯蚓，
冷冰冰的磨盘。还有一窝蚂蚁，
忙着搬家，躲避即将到来的大洪水。

树下的土松软发黄
而空地已经浸黑，天也被云压得更黑。
我跑了起来，像枝团间蹿出的一阵风
每片树叶都凉爽地抖动。

而树留在那里，将被彻底浸透后
变得幽暗。层层叠叠的雨点摁下
刚溅起来的土烟。淡淡的皂角的清香，
柴垛和篱笆腐烂的味道。

2012

林区小站

小灌木在车窗外，举着一枚枚绿色硬币
乞求亮晶晶的啤酒瓶盖儿
和孩子们彩色的糖衣。乱数一气的风
逗弄着那辆猛踩了几脚油门后
终于蹿出去的摩托车喷吐的尾烟。
这绝对是一股还没长大的风。
它笨拙地把那几团黑雾向上撩起
想将它们涂上鲑红色屋顶。
不明白怎么抬起手就漏没了，
又攀上电线杆，拨拉花喜鹊的尾翼。
而那座躲过一劫的房子，和破旧的小站台
正被傍晚的光柔和地浸洗。

十几个人，像走在默片中，正跨过
长满锈点的钢基筑起的两道长长的光轨。
直到被出站口陆续吞没，没有一个人回头。
他们将走进野地，穿过废工厂
回到褐色瓦片盖着的小屋里。
单调的蝉鸣迎候着他们。
接站员，强挺着站直，重复每天的手势，

也没多看我们一眼，而是和白底黑字的站牌
一起被甩在了身后。圣浪。
神树和界山之间，慢吞吞的林区线上
一座小得不能更小的车站。

就是这样一座小站，在森林的深处。
一次次出现在我幻想的旅途。
此刻，它成为我抵达的真实所在，
我掌心的疼痛。
短短一分钟后，当列车加速
抛下它如一件行李，没有人留意
蒸气消散的站台，另一个我留在那里。
他要到起伏的田野和高高的树林中
晃上两天，然后重新上路。
甚至可能就在那儿找座房子，好好住上两年，
再换一个地方。我追踪着他的行迹，
红松和胡桃楸的香味儿，
阳光在豆荚上啪啪的爆裂声。
他走在河边，看见那么多鱼激动坏了。
他坐在山坡上，看着此刻我正凝视的落日。
只不过世界在他那儿都趋静止，
在我这儿却快速流动。

小白，朗乡，美溪。暗下来的云山天边耸立。
一条河在左侧时隐时现
把长腿鹭鸟扔到远处。夜色的堤坝

挡住了越来越汹涌的山脊。

我坐在窗边，不断返回他，

又被甜蜜拉回来。闭上眼，又睁开。

一道长长的阴影，飞驰在它照亮的黑暗中。

带着小兴安岭广阔的寂静

和“咔嚓、咔嚓”的疲惫与欢愉。

2014　北京

海　滩

海鸥在沙滩上盘旋，瞅准机会俯冲下来
从渔民网上抢下干瘪的小鱼。
另一些，落在紧拽缆绳的渔船上。
红色小爪子，揪着晃荡的船舷，
像凝神的音乐家，
在轰响的海浪中辨别雨的声响。

这是你教会我的。退潮的海滩上
寻找纽扣大的沙窝，
和它有点湿润、吐着水泡的针眼大小孔，
然后把木棍从一旁斜插进去
剜出来。大猫眼——
黏软的身子，惊慌失措，
在手掌上缩进光滑的硬壳。

我一个人走在最前面。
你们在不远处踩着浪花，被海风撩起头发。
当你们埋头寻找时，鼓胀的紧身夹克
真像海龟壳。再往前，
栖息的鸟群落满海滩。

我等你们赶上来，分享捕获之乐。

然后我们依次跳过冲出沙沟的小河，
笨拙地弓着腰，悄悄靠近，
清晰地看见了它们红色尖嘴。
它们一次次飞开，
落到更前面，从它们的高度盯视海平线。
当我们再次靠近，它们从海上旋了回去，
越过我们时发出清脆的叫声。
留下可爱的小脚印，丝絮状绒羽
沾上湿沙被风来回扯动。
而我们占据了它们的位置，
沉默地望着远处。源源不断的波浪
来自世界的尽头。薄雾正在消散
鸽子窝高耸的海崖
一头驶入了灰蓝色海湾。

2011

慕田峪的傍晚

在昼与夜的黑白之间，有一种灰色。
一种时间本身的颜色，就像阳光
在城墙上半脱落的白灰勾缝分隔的方格里
填涂的那样。经过一整天的烘烤，
齐整的砖块蜷缩在彼此环抱的窝中，
像在一个更久远的年代沉睡。
而当它们连为一体，就过山车一般
从脚底陡直的山脊俯冲而下，
毫不费力地攀上了下一道山岭。
翻上，跃下，直到视野中最高的山峰。

在那里，像糖果穿成一串，缆车
正把人们从停车场
直接送上烽火台。最后一拨游客，
是这幅远景的一部分，
他们肯定也为此感到振奋：
空旷寂寥的黄昏，近乎永恒的存在
凌驾于蛮荒的山野之上。
这太伟大，太不可思议了，
好像不需要什么理由，只是为了给我们一个震撼。

就连当空掠过的乌鸦，沉默地展开翅膀，
也显出奇异的庄严。这时一只鬼脸蝴蝶
落在风蚀雨刻的箭垛上，
小小翅影似烛尖摇晃。
两边繁茂的山麓，大自然的力量
正像蛮勇的少数民族，向着长城进军。
茁壮的榆树和栗树已翻上城楼，在平坦的梯道
投下了征服者假意的庇护。

最后，太阳在不觉察中落下，
两个孩子正把大炮当作铁马，
完全不想回家。他们被橘色的余光所怜爱。
一对大鸟在树梢上追逐
闹出猴子般动静。白得耀眼的飞机
恍若一小块陨冰，从极高处划过暗下来的山顶。
层层远山荡起的巨浪正变得平静。
狭长的山谷像一个摇篮，
它的一草一木，簇拥在溪岸上的村子，
草木灰色炊烟托起的细碎鸟鸣，
都重新笼罩在那古老的暗影中。

2013　北京

九龙山

只要十分钟，就能爬到山腰小凉亭。
从那可俯瞰全镇，熙进攘出的集市，
还有横穿而过的国防路。
再往上，两棵树间拦着一根铁丝，
不断有人踩它跨过去。
最高处其实也不算高。凸起的花岗岩顶
一米多深的凹坑。
刚容两人下到坑底：一汪泉
伏在碗口大的石窝中，
好像上次大雨留下的积水，
依稀看见瓦蓝色天空在沤烂的枯叶间晃动。
那是我们第一次闯入这禁区
决心找遍它的九个山头。
第一次看见梯田、捕鸟网，第一次站上悬崖。
总觉得采石场下一声爆炸就在不远处
恐惧和眩晕让我们好一会失语。

一道山岭接一道山谷，出乎意料的村庄。
时断时续的路让我们不知所在。
越走越疲惫，也忘了要找什么，

就是不想停下来。
我们就那样过了一整天。
没再去那地方十几年了。
直到今年夏天，我在九龙车站等一班晚点列车，
人们百无聊赖地沉默，
我走出候车厅。压低的天幕之下，
它从熟悉的位置显现出来，
那么意外，那么震撼。
那一刻它不再是最矮的山，
而是高拔于广阔的黑暗世界上
唯一一座山。
我不知道那汪泉是否还在，
我的朋友建磊今天在做什么。
我想起了少年之心深入从未抵达处，
被召唤的甜蜜和恐惧。
想起一桩又一桩儿时的友情，纯洁得叫人心痛。
那夜，那山幻化纷繁。
它说的话，我都能听得见。

2009

一幅画

午后，阳光因炽热扭在一起。
洋灰屋顶缩到红砖墙上，
晒化了正往下陷。
树叶凝固成一团。整个树冠——
一块焦渴的墨绿油彩，
无望地期盼着雨的到来。
而水井和推车，一对古怪的兄弟，
在篱笆墙外承受着暴晒。
前者歪歪扭扭，
后者轱辘是不规则的六边形。

村子外面，发红的土路切开了田野。
一头牛被炎热击败，
要从画面中挣脱出来。
干燥的路边，几棵杨树
好似地缝冒出来的几缕轻烟。
牵牛人细如一根火柴
点着了金黄色麦田。

左边丘陵隆起，直到远处起伏的地平线，

那些玉米地涂着一层泥浆，
同样也在闪耀。
右边一条浅溪蜷伏在河岸的臂弯。
闪闪的水光流过两棵老柳树。
一棵正要垂下身去，
另一棵，像要把它绊倒。
鸽群呼啦啦从高处旋落下来，
它们背上驮着亮光——
就像天空和大地给我们的爱，
不多也不少。

2013

北方的田野

僵硬的大地，低矮的山丘和冻住的河。
一场薄雪给它们涂上白色。
地平线灰蒙蒙的，绵延几百公里。
清一色的秃杨树、粗烟囱、电线杆，
乌鸦群掠过秸秆丛，
落进避风的枯水渠。

那些村子全都土里土气。
红墙，灰屋，嘎吱嘎吱的街道，
生铁一样一敲就铛铛响的菜畦。
树上雪条变硬，墙皮冻裂，
穿堂屋的火炉上，土暖气
滋啦啦冒泡，房顶熏得乌黑。

这片地上的人习惯了从土里刨出食物，
正在房子里打麻将、织毛衣。
他们的儿子骑着摩托车
在街上吹牛皮，鼻子冻得通红。
闺女们在县上打工
想家但不愿回来，太沉寂。

这就是北方的平原。
寂寥的云，低飞着俯察自己的影子，
冷风数落着白垃圾。野兔
重新回到了田地，它们的脚印下，
雪水浇灌着冬小麦的根芽。
那个我熟悉的村庄一闪已经过去。

2013　北京

白　河

薄雾虚掩的长长峡谷
水流过四个村子
连着每一家的水井，每一棵树。

一团团小旋涡，一丛丛芦苇花。
它领我们不断深入
钻进更荒僻茂密的山沟。

两岸峭立的山峰
在灰瓦色天空投下了巨大的阴影
山腰红色的柿子灯熄灭了。

乌鸦在崖壁上落下
墨绿色河水把静止的倒影冲刷。
平静的恐惧，正把一切带走。

2011　北京

长城上一只松鼠

核桃青青，磕中额头。
凉风由高山呼出，涌入肺腑。
布谷鸟远远鸣叫
荆棘羁绊双脚
野葡萄攀绕山枣树。

塔楼顶上长满青草
砖缝生出拇指粗小灌木。
回头望去，照山白唯独在山脊两侧盛开
如绿波中白浪
风一吹，就涌漫那条碎石路。
义院口 V 形山隘
紧衔柏油路上车流
像老鹰衔住一条蛇。

平坦的山坳，被青黄色田野分割。
房舍稀疏
像一溜儿羊粪球，冉冉炊烟
仿佛粪球上热气。
一只黑色小蝴蝶

扇动白色斑点
落在你脚上，飞走
又飞回来。围着你的腿
就不肯离去……

直到我俩起身，一只松鼠
在前面尖叫。
它恼怒地告警
宣示自己的领地。
我们不动声色地靠近
它飞快跳出城垛
翻进一旁深沟里。

俯身去看刚好它也探出头
野花和树丛掩盖的
城墙外侧小洞
露着鼻尖和胡须。
我俩就趴在上面看着它
它一定也瞟着我们。
这样对峙一刻
我们的友好，也没消除它的敌意。
走过去几次回头
它没再出现。
布谷鸟的叫声又从远处传来
一下攫住我的身体。

2003　秦皇岛

三亚湾

——荣建你好

通亮的游船犁过黑黢黢海面。
远处的小岛，如大海抖动的褶皱中
一枚不起眼的纽扣，才露出来
就又翻落进瞬间合拢的夜色。
海滩上人还很多。三三两两
漫步在上涨的潮水和防波堤间。
有的拽着裤腿，海鸟一样左蹦右跳，
有的独自踩着水，漫不经心，
似在寻觅海浪遗落的东西。

走向人更少的西边，椰树林正被冲刷。
粗砂粒在溯溪鞋卷进淘出。
一股股聪明的盐水，
灌满空贝壳后被一饮而尽。
薄薄的水镜映出烟蓝色反光，
和白色水沫涂抹的
易逝的图画，一起咽入沙子的细喉。
而灰白色云朵挡住摆动的光柱，
如同悬浮的天顶，把灯光竖起的彩色海湾，
和忽闪着下降的飞机都罩在下面。

走出游人稠密地段，风吹来更浓烈咸腥。
海滩更开阔，视觉也更真实了。
这里，云变成隐约的纯白色
一颗星星透了过来，
像个乐符蹦出了音乐家的脑海。
海水越来越凉，在长长的海岸线轰响。
两小时过去了，我来到更荒凉所在。
是走到下片亮光聚集的远处，
还是估算时间赶紧回头？

当我揣着犹豫，以为这里只有我一个人，
我遇见他们。几十个男人
从没腰的水中向岸上岔成两列，
喊着号子往上拖网。
女人们忙着把网带择开，
蹦蹦跳跳的小鱼，在手电光下闪烁。
号子越喊越响。更多的人
不知从哪儿冒了出来，呼啦啦围了两圈，
等着看大鱼出水的一刻。

终于拉了上来。最后一截
是水都流不出的细网。没有大鱼。
污泥、海藻、贝壳、小鱼和更小的鱼，
密密实实挤成一坨。
那些打渔人早习以为常了，
装走这微不足道的收获。而围观的游客

毫不掩饰他们的沮丧，
自嘲起人类无情。

他们散去后我站在原处。
不断涌来的潮头撞击着回涌的海浪，
发出越来越有力的怒吼。
是的，就是这么贫瘠。
当你置身其中，你就是它的一部分。
和那些小鱼一样在黑暗中跳闪，
为爱而歌，为痛而泣。
你听到它们的声音，感到海水
咸涩的舌尖火一样舔过，那是一种
实实在在的时间的流逝。
漆黑的码头拉响了汽笛，
海湾尽头，水母正从蓝色大厦上升起。

2013

选自《词语的歌》

在风景之中

清早，我打开窗户
群山从大地长出。
河流跃出地面，湖注满空旷山谷。
云朵绕着山峰
像鸟群守着它们的树。

上午我坐在山坡上。
青草从身边长出
潮水般涌上风车站立的山脊。
野花漫山摇曳
花香如冷雨。

中午，我躺在莜麦田
光从麦芒长出，照耀着草原
两匹马，一棵树。
我梦见在办公室的沙发上睡着了
城市打窗外长出。

下午我来到湖边
湖水一波波把岸推到更远。

风从湖面长出，如花瓣盛开又凋零。
鸟儿从芦苇生出
鱼儿从石头生出。

黄昏我望见炊烟
在炊烟下看月亮升起，大地深陷。
最后的金黄从葵花地长出，
寒冷一层层剥开白桦树
草垛正隐身，草虫正死去。

初夜我看见孤山子村从灯中长出。
深夜我落在茫茫旷野
在寂静的旋涡中信步走着。
星星从天顶生出，露珠打脚边生出
我走回她熟睡的房间
打开清早的窗户。

2011　北京

阅读史

——给胡一红女士

从前，有只猴子，被关在铁笼子。
有人教会了它织毛衣。它不停织呀织，
织了一辈子，直到有一天，老死在了笼子里。
我的故事讲完了。你们怎么看？

甲：这个故事，讲的是失去的天真。
像猴子被驯化后就丧失了森林中的欢乐，
人一旦长大，自我就被他获得的技艺所束缚，
美好的童年一去不复返。

乙：铁栅栏是肉体，而猴子是灵魂。
这故事说的是灵魂永远无法突破肉体的限制，
甚至会先于肉体死去。虽然，
猴子的劳役象征了对广阔世界的沉思。

丙：讲的是爱情。当一个人（铁笼）捍卫家庭，
另一个（猴子）则专心家务。
两个人厮守，互相是彼此存在的意义，
甚至以矛盾和对立的形式体现出来。

丁：难道这不是说生命的虚无吗？
人锁在琐屑的工作中难逃羁绊。
每件事都毫无意义，直到孤独地死去——
一生，只是漫长的忍受。

你们说得都对。而我想说的是：
猴子在笼子里织毛衣，那些神秘的图案
从来没人看见。它织了拆，拆了织。
每一针，隐身在臂弯的时间都感到疼痛。

2013

海　浪

在它涌动中，撞击中，轰鸣中，
在渤海湾巨大的寂静和阳光针刺般的抚爱中，
小水母和绿色的海藻泛滥。
人们在死去，在出生，在新婚宴会上喝醉。
人们在欢笑，在哭泣，两种泪水
混合着把人生的过错洗涤。
时间的潮水，生命的源流。
冲刷着，淘洗着，重重地拍打着。
有的国家正像坚果一样被松鼠敲裂。
有的动物灭绝了，有的被保护着
好像山野间名贵的瓷器。
植物在一个地方干枯，在另一个地方萌芽。
在它雨声中，溪流中，鸟鸣中，
还有洞穴的风声、石头滚动、公交车的嘈杂
和压水井嘎吱嘎吱乱响的宏大交响中，
呼吸和吞咽，沉睡和唤醒。
老年人扶在拐棍上踩着地球自转之环，
孩子们在水滴中奔跑。
他们成长、恋爱，一张张面孔在浪花中闪烁。
密密麻麻的人们在沙滩上漫流。

学者们蜷伏在翻滚的贝壳里
他们告诉我们那里多么平静，
像沙洞里一样平静，像山顶一样明亮。
而贝壳吐出一口又一口的沙子
不禁有些哽咽。
在它写意中，描摹中，在它变幻的镜子里
回忆的帆影鼓胀着快速航行
未来的虚影闪现如云朵下的海鸟。
封闭的爱情、破损的友情，在它的漂流瓶里，
碎渔网中，在椰子树上，珊瑚礁上，
冰山下的海豹群中。
昏睡的浮冰漂浮在它的梦呓里。所有的人
你，还有你，都在它的激荡里，你们听。
在它的歌声里、倾诉中，
在它无边的虚空和绝对的实在里，
在渺小的欢欣和恐怖中，暴怒与怜悯中，
希望的白线远远隆起，越卷越高。
在它忙着摆布的意象中，必须足够勇敢才能走出来。
水母瘪成薄片的尸体，水藻一缕缕晒干的头发。
浮漂，小蟹洞，脚印，木船，海鸥，焦黑的岩石。
我难以遏止自己的悲痛。
虽然我已能平静地面对生活，
可此时我还是无法平静。都走吧，你说。
好好的，我们安慰你。沉默着离开。
而你干枯的、带着死亡气息的脸庞追着我们。
在你最后的日子里，在你逝去的爱之花朵

重现的芬芳里。在大海深深的黑暗中。
深渊般的梦境，啃噬，浸泡。
在庞大的海兽舔舐的舌尖上。
在它的透明中，清澈中，混沌里。
在它湛蓝中，祖母绿中，橙黄中。
我们将长久地捍卫我们的悲伤、虚无和热烈。
在这美好的世界上。在因悲痛而更真实的生活里。
在它不断反复和永不停息中。
永不停止闪耀，
那燃烧的，生命知觉的火焰。
那神秘的，冰冷的，苦涩的。

2014　北京

簸绿豆

豆荚飞舞，旋转着落下
像一只只断了翅的蜻蜓。豆子
在簸箕中蹦蹦跳跳，聚少成多。

我安静地坐在门槛上，她的旁边。
不记得她说了什么话
只记得晒干的豆角在她手中爆裂

然后她的胳膊打膝盖上抬起，放下——
唰，唰。豆荚的舞蹈，豆子的歌声。
豆脐上骨碌碌转动的黑色小眼睛。

暖暖的下午的阳光，把这一切收入
木门稳固的方形。背后的黑暗虚空
眼前的明亮。那是一道

恬静如蜜的时光之门。
它一直敞开着在那扬着尘土的
暗昧深处，我记忆的开端。

从此我将从这段黑白短片中出来
如一颗蹦出豆荚的豆子
在色彩斑斓的世界上长大成人。

2013　北京

捕鱼罩

它杵在水井边。像一只掉了底的水缸，
两头儿开口，却一腔沉默。
又一个冬天过去了，
它的心中空空如也。

就在那儿漏着风，漏着阳光，
把细碎的菱形网格投到井台上。
一场大雨把它冲洗干净，褐色铁锈
尝到了水的味道。

当他再次把它拎到池塘，
它迫不及待地罩进水里。水泡从淤泥
翻腾到绿色水面，
他在震荡的水波瞥见自己。

一下又一下。切开水面的“唰唰”声，
泛起好多记忆。在那入水后暂短的间歇
紧握罩圈的手轻抖。来了。
一股神秘的颤动正打水底升起。

2013

美丽星人家书

——给倩倩

地球上有和我们一样壮丽的风景。
山川起伏，平原辽阔，
色彩斑斓的大地上，缠绕着成千上万条河。
而大海，足有美丽星五倍之大，
鼓胀、晃动的蓝色球面
蜷在岩石的心窝，呼吸雨滴和云朵。
这里植物以绿色为主，树木种类极多，
遍布各个角落。动物千奇百怪，
就像孩子们幻想出来一般。

人类有好几种肤色，好几百种语言。
最有趣的是，他们的超感还没有形成。
你能想象吗？大家坐在一个小屋
彼此隐藏的想法足以填满一座山谷！
他们爱得原始而激情，
可怕的骄傲像痛苦一样折磨着他们。
有时我会测量他们怒气，在一辆地铁上
达到的当量，足以把车顶掀翻。
但他们也有强大的克制，
能将自我深深锁在心里。

这就是为什么，他们有一个美丽、有序、繁荣的世界，
又充满邪恶、混乱和喧嚣。
我正学着用更复杂的眼光看他们一切。
比如，他们的城市安全但不堪负重，
其文明还没克服周期性陷阱。
他们热爱生活，却对自己的星球很少敬畏。
而对外星人，就拿我们班上来说
有的一味崇拜，有的盲目质疑。

关于未来，他们还承受着太多不确定。
这让每道希望的亮光都蒙上了绝望的阴影。
他们还有许多缺点：
走在街上，我总是感到他们那么愁苦，
那么虚伪，那么无知，那么粗鲁，
那么自以为是。最愚蠢的人喜欢靠怀疑生活，
最聪明的人也有最深的恐惧。
以致有时，不管在酒吧、操场
还是聚会中，我会关掉自己的感知。
我发现他们平静而孤独。

2014 年

给 L

I。爱，或者“我”。单纯的孩子
最初的“爱”中的“我”
爱的是你，更是“爱”的感觉——
“我”中的“爱”。
I，瘦削如最小号杠铃
竖放着刚好承受自身之重。
它孤单得像个背弃。不是 Ignore
而是 Innocent，让我最短时间忘记了
最久的承诺
L I，李。

U。You，你。
U，像个透明的杯子，盛满记忆之水
像张开的双臂，我抱住你——
在我们终因重逢
而让两个单恋成一场错过。
那夜，在九教
几年之前我天天梦想。
天天在本子上写你的名字，LU。
U，呦，只是个问候。

但不是呦，是 Ukulele 发出的 Undertone
拉长的“呜”……

I U。“爱你”
我在一人高的井边
畅饮一生干渴。U，失眠的深深之井
命运撞击之坑。
那次聊天累了，我们无心地
并排躺下
突然说出同一个秘密
以及那天之后所有的事。
L I U，Love 是属性——
界定“我”和“你”

E I。“我”站在“教育”的屋檐下
Education，令“我”成为大写。
E，Elemental 的 Eclogue
E，还是半个“王”，血缘的
奇妙构成。
L E I，是闪电的声音
在永恒之谷发出回声。“爱”“教育”“我”
拉长的“I…… I…… I……”
——我之存在
如你之余音。

2010　北京

天文馆

——给宏翰、冬梅

在单筒镜的小孔中，火星
橘红色的球面裸露着长长的伤疤。
峡谷，环形山，尘暴弥漫。
而土星，旋转着美丽的光环
在椭圆形小屋，在孩子们
乌黑的瞳孔里。

摁下按钮，双鱼和白羊就点亮。
扳动连杆太阳系就运转。
傅科摆垂在池子里，早习惯了眩晕。
墙上的天文学家
目光依旧那么深邃。

时光穿梭的游戏，我们拼命踩踏
也没让飞船从大爆炸中逃离。
宇宙诞生的知识问答，蛋里孵出的时空演化，
更像一套新的神秘论——
一想到地球只是一粒微尘，
太阳也才剩下几十亿年，
就感到身边一切都那么新奇。

最后的穹幕电影最让我着迷。
灯一关，壮丽星空就从屋顶浮现
令黑暗澄澈深远。
当镜头带我们穿越群星，飞向猎户座，
我激动得屏住了呼吸。
璀璨的银河，浩瀚的宇宙，
在生命的迷乱与渴望之上。
我盯着一个个星座在天上被命名，
在季节中轮转，唯恐错过
每一颗星的每一次闪耀。
但我终于还是仰着头睡着了。
我真的太累了。而星空
是我们所能拥有的最温暖的怀抱。

2014　北京

树林的低语

当万籁俱寂，是谁在歌唱？

——菲利普·雅各泰

1

我走进去，这片树林。
很久没来了。几棵高大的杨树
和一棵低悬在头顶的苹果树
栅门般将尾随的灯光
闭于暗影。小块开阔地后
是整片树林，挺立在厚厚的积雪上
每棵树撑起自己的影子
承受着从高处倾注下来
冻结的冷光。
白天融化的水珠重新冻住
松软的雪变脆、变硬，
发出“嘎吱嘎吱”的声音。
我停下来，在第一个岔口。
补种的树苗
旗杆似的戳着。

空气呈灰色，完全静止。因为冷
而感觉有风吹来。

2

夜色，更深地落下。
细雪一样在身边发出响声。
杏树、山楂树虬转的枝条更黑
白杨的银光在减弱。
苹果树，拇指粗的新枝齐刷刷竖挺着
火炬似的燃烧。槐树
自成一片，树冠交叠凌乱。
而梳拢的柳枝，垂挂在池塘边小灯
映亮的暗白雪坡之上。
透过这一幅幅铅笔画
街铺的灯远远地漏了进来
给壁立的寒冷涂上色彩。抬头向上
星星
模糊可见。它所在浩瀚天宇
激荡着亘古的辉光。
自那晦暗、无限的虚空
和周身冷冽的树影中
传来海螺在耳边 wen'er wen'er 的声音。
黑暗仍在树间有限的空隙
投下成吨的重量。枝条
在断裂。

3

这片果园，这个冬天。
十几种果树彼此混杂而相似。
十几棵硕壮的白杨，二三十米高
耸立于树林之上。
它们多结实，多健康。
即使病中也自然而恬静。它的鸟儿和昆虫
享受生命而从不懊悔。
每一片叶子，每一朵花
都在日复一日的光照和浇灌中
看不见地更新
超然于我们的衰老、疲惫、隐痛
对死亡的偶然一瞥
及由此带来的挫败之恐怖。
日子呀，萌芽、盛开、结实、落下
我们不得不担负更多
就如那满枝负重。我们将更多去感受
令神经如根系广布在深深大地
将石头化为泥土。

4

树，叠着树。它们自言自语
如弥漫的雾。一个大池塘，两个小池塘

在地下水脉搭着手。
这里是一个树叶的窝。枯草
在孵化绿芽。
我在林中小路来回地走
经过每个因漆黑而深邃的角落
与它对视和交流。
我不知道，要找的，是不是现在自己的声音。
这算听还是说？人人都寻宁静与欢乐
不知倾听中有路
有无拘无束的奔跑——
在没人踩过的地方留下
大跨步的凹陷。

5

好几天没睡好觉
我做得不对。当内心被那些
如何对的心愿占据时
充满甜蜜与痛悔。
时常，纯洁生活的愿望
把我激动得就像绽放中的花骨朵。
愤怒时，我不出声
走到一边。
我本该在六年中更好地拥有你。
哦，时间如蚁
啃掉生命之基

时间已离席，寂静围火而聚。
这冷，这黑，这原始的荒凉处境
凸显我们存在。
很快会离开，最烦恼人的也觉可爱。
哦，那些日子呀！

6

会展的灯熄了。高档小区塞纳河谷
也一片漆黑。紧邻它的丑陋城边村
根本看不见，但似乎更激烈，更戏剧，更人性。
那么多昆虫在沉睡
漫长的冬季刚刚过半。
麻雀们在睡。
指针爬到了零点，零下十度。
运转的天空移动着阳光两道边界。
雪地上的脚印、波纹
深深地陷住。
高处的鸟巢，星光下幸福地酣睡。
它们笑出了声。但让它们且酣睡
让我悲哀片刻。大地在睡。
岛上的灾民在枪声中哄抢。
其他人通宵排队，为一睹“阿凡达”。
夏天的莲花，春天的苹果花
都在甜睡。池塘在昏睡。
毫无意识地发出鼾响。

这样的冰裂也曾响在二十几年前
另一片树林边
另一个池塘。

7

冷到一定程度，就像冰下的水
不能更冷了。在我和树林间也
夹此一层冰。飞驰而过
这么晚的汽车，依旧期盼它合理的幸福。
我也会努力生活得更好一些。
我曾数次想早早起床
带溪溪来看苹果花上的露珠。
把画板支在草丛上
帐篷搭在树荫下。不久之前
和不久之后的两个夏天
苹果、桃、杏、梨、山楂压弯枝头，除了孩子
无人摘采。来得少的日子
也没更好地爱家人和自己……
但请你接着说，说人性之弱
说人生伟大，不要因我深深抱住你
就也和我一起
因感恩而痛哭。

8

我的一切都是一种赐予。
黑暗和它尽头的世界的光亮
围拢着哆嗦的卑微。
这些年，这里什么都没有，除了安静——
这样的地方不再有了。
我来告别。有一天或真如心所愿
到大兴安岭过个冬天，火炉旁看书
雪在窗外一人厚。
我还可以过个夏天
那里森林中湖泊，从来没人去过。
但我要回家了。当我出来
仍听到回音般林中脚步——
另一个我在你们中间
一棵雪光中的树。
哦，那些日子呀……

那黑暗处看得见的低语。

2010　北京

大地时光

一团火，在漆黑的灶膛
被风箱鼓吹
发出爆裂。长柄镰
跟滴水的井台吱吱细语。

他扛着锄头走过
熄灭的田野，
直奔熏染黄昏的老屋。
母鸡跳上草筐，
把地球蛋一样孵热。

一个孩子看着吞下旮旯的阴影。
村子里隐藏着
那么多奇怪的小动物。
它们的眼睛在闪，
准备好了一场游戏。
只有晚风听见了它们的密语。

2013

蟋　蟀

它在泛着白雾的怀九河边鸣叫。
嚁嚁—嚁嚁。它在门廊前的野草丛中
月光下流动的空气里鸣叫，
像一道记忆的闪电突然击中了我，
掳住了我。嚁嚁—嚁嚁，
整个世界都充满了它的叫声。
在饰帘上的金色稻草梗圆环里
在《马来群岛自然科学考察记》的书页上，
在身边的光影中，那个振动着翅膀的
微小的灵魂，欢快地盘旋。

很晚了我躺在床上，一片漆黑。
它的叫声越来越清晰，越来越急促，
在我失眠的耳鼓上，
在负疚般凹陷的软垫子里。我数着，
十六声后停一下，或者八十五声。
那短促的停顿就像缝补夜色的针脚打了个结。
当寂静被秒针不断拧紧，它在我的脑子里鸣叫。
我感到野外众多的蟋蟀
只是一只蟋蟀，每棵树都在听它歌唱。

它在我睡梦中鸣叫。遥远、跌宕、支离的梦中。
瞬间学会仰泳，在街道走失朋友。
一个陌生的女人（她特别温柔）。
荒诞、乱哄哄的场景，我按现实中的原则
（而不是我模糊意识到的梦里）
做出了最后的决定。
半梦半醒间我看到一扇窗户，
最后发现那是门的影子。我终于想起来我睡在哪里。
我为刚才梦中的决定庆幸。
蟋蟀，热烈地鸣叫。

清晨醒来蟋蟀还在叫。
柔和的光，从窗帘缝隙投进我的怀里。
在孩子呼吸中，鸟儿啼啭中，
在屋外脚步的私语中，嚁嚁—嚁嚁。
我激励自己早一点儿起床，解决烦恼琐事，
并对更纯洁地生活暗下决心。
它的叫声一刻没有停止，
那种被击中的感觉还在，每一声鸣叫
都像是在提问、唤醒和催促。

早饭时它在碗里鸣叫，开卡丁车时
它在发动机鸣叫，钓鱼时它在水底鸣叫。
我回到城市，它在花园里鸣叫。
自从我在怀柔小木屋里听到它，
我就一直听到它。

在秋雨连绵的公园小路上
在堵车的学院路沉默的树冠下
在熟透的柿子坠落的北科大校园里。
嚁嚁—嚁嚁，它住在我的耳朵里。
慢慢的，它成了我的听觉，我的调子。

在这个已到十月，深秋的寒夜里，
我以为蟋蟀早已死去了。
我听到它的鸣叫。它先是在楼下杂草中，
接着在我的身体里鸣叫。
而我承纳着它，就像外面空旷安静的世界，
倾听着自身的黑暗之中，那持久的，
生机勃勃的，穿透一切的声音。

2014　北京

地　窖

寒冷扣在地上，夜晚罩着村庄。
地窖里也不温暖
萝卜和风挤作一团。
老鼠躲进更深处的窝。

睡觉前我跑进院子。星星发芽，
上牙磕下牙。掀开木盖板
把扎枪插入脸孔大的窖口，朝那黑暗
用力一戳，带出一只大萝卜。

它在炕沿上被爹
切成一瓣瓣，花骨朵般微微绽开
又紧紧相连。我们分着吃掉它，
觉得它在肚子里蜡烛一样烧心。

然后熄掉那盏低瓦数电灯，
躺在炕上数窗户。十五瓦还是二十五瓦?
我竟从未觉得昏暗。而我的梦
如那一只只红皮萝卜灯笼

打地窖的深处升起来
在黑色的酣睡丛林流动着，
暗暗地燃烧。那一个个夜晚，
是一道道亮光。

2013　北京

猫头鹰

——给周琰

在黄昏
灶灰色天空下
它蹲在村边最老的桑树上

安静如博物馆跑出来的标本。
木雕似的猫脸上两只
琥珀色黑夜之眼

看见远远近近的灯亮了又熄灭。
无脚的风
穿过它和村子间那片田野

干透的豆秸丛。
更深的夜色垂下
静籁之歌

一丝丝在它角耳中织网。
比夜色更深的小丘般树影
覆盖着随风摇摆的树叶的洞

在那根横伸的枝条上。
它蹲着像从天上落在了尘世
冷冷地观看。

吞吐过一阵炊烟
大地满足而深沉地酣眠。
水沟

涨满的水正渗进桥基的石缝。
春尺蠖抱住榆树垂下的吊线往上爬。
而它突然

像从噩梦中惊醒
一声尖厉的鸣叫，让村庄不祥地颤动。
天线杆和木窗棂惊悸不已。

是的，非得一根横伸的枝条。
好让它覆盖羽翼便成一个家
让它不管睡还是醒

都能在那上边旅行。当它
蹲在村子外
也就蹲在它自己的睡梦中

梦见自己在一片树叶上飘呀飘。
当它蹲在我的村子外

也就蹲在

黄昏
狮鬃色的天空下
草原最老的波巴布树上。

看见新生的小鹿
跪在鹿角丛中。枯黄的甘巴草
正盘算着一场大火。

也就蹲在季节河的岸边
茂密的栎树林里。草叶间的水光
把月亮抖呀抖。也就蹲在城市

看见流星整夜闪耀古老的屋檐。
有时它白天也飞上天
像醉酒的汉子在风浪中

颠簸。飞到最高处它曾
停留片刻。看见地球在下面转啊转
让它头晕目眩。

它会落在
随便哪个安静的地方
只要有一根横伸的枝条。

它落在蝴蝶的翅膀上。
落在雪天里
叶子脱光的黝黑的蒙椴枝。

有时则落在山风鸣响的悬崖
这个沉默的哲学家
看见那么多机灵的小动物

在生命的杯子中转小小的圈。
它们的眼睛
被它眼中发出的手电般光柱照射

却毫无觉察。猫头鹰的眼睛
是世界上最专注的凝视
当它看往别处

全身都要随之扭转。
因此它从未留心蓝色的
波浪状胸羽

当它落在
佛山产的白色瓷偶上。
在另一个有名的红瓶子上它落在

雅典娜身旁
成为她洞察事物的理性之光

并借此反驳不吉利的诅咒。

而科学家说：它只看得见两种颜色
黑与白。
那正是世界的本质。

因此它能看见无处不在的孤独。
它会落在
任何一个地方。只要有

一根横着生长的枝条。
在我难忘的那天它落在
操场边的大杨树。

当时我们正为彼此生气。
裹着浓雾的夜色中它的叫声
敲打着我的痛苦就像锥子敲鼓。

十五年后的今天，此刻
它又落在了我的眼前
在这座

古董猫头鹰挂钟之上。
它也把我注视。我在它
靛蓝玻璃瞳孔中

看见我自己。
看见我那些残忍地迷失的时间。
它的钟摆正清数着

那些无法挽回的生命光缕。
黑色的指针对准我们脆弱的刻痕。
当小窗打开

它弹出来发出奇异而响亮的
报时的鸣叫
我看见它正蹲在时间的洞口

把时间的鸽群放出来
再收回去。
我又看见它飞行在绝对的寂静中

超然于那团团混沌的迷雾。
钟声响了十二下。红漆木壳
吐出久远的，让人平静的气息。

2013　北京

月　亮

——给雷武铃

是一团往事，许多人。

是天使测量人心的镜子。

是变形的相框，镶入又淹没了无数情人的照片。

是月桂树的大花盆。那植物是人与神的契约、防范魔鬼的护身符。

是村边通往高粱地的小路。那次妈打我我假装出走。

是秘鲁豹子的洞穴，挑水的雅库特姑娘的井台。

是开启童年的钥匙。电影散场后搬板凳回家，用方世玉武功准备一个梦。

是印度教中“先辈之路”的终点。

是我第一个离家在外的晚上，我孤独的起点。

是塔罗纸牌中第十八张大牌。指精神陷入物质而无力自拔。

是我名之以希望的困惑。

是卡夫卡、胡安·鲁尔福。一切死去而把孤独留在人间的人。

是无数次重逢与离别，未曾料到的永诀。

是亚瑟的圣杯、和氏璧，人间可触与不可触的全部珍宝。

是儿时的秘密，成长中难言的羞愧，傍晚的厌倦：它们定期盈损于内心的星空。

是嫦娥的院子，她得到了寂寞的长生不老。

是家乡的平房、草棚、老槐树。衰老诚实的老狗、爱拱门的猪。
是墨西哥古籍。它记载：月亮是一种装满水的月牙儿形器皿，映出一只兔子的影子。
是刘冰的一只眼睛。
是《萨朗波》的结尾：阿米尔卡的女儿因为触到月神的纱披，就这样死去了。
是妈砍过蛇的镰刀。
是生雨的容器，《淮南子》说，水生动物随月亮圆缺而盛衰。
是和长才在北大那个糟糕的夜晚。因为年轻挨冻，看见此生最大的银盘。
是你脱离肉身后的第一个考官。《奥义书》说：人死后要回答月亮的问题，答对者进入冥界，答错者化雨降回地上变成虫子或蛇。
是我向往又为之迷惑的平静生活。
是玛雅人的月神伊什切尔，她既是太阳神的妻子也是其反面，她长得和他一模一样。
是一九九四年夏天。我第一个吻，嘴巴紧闭如双眼。
是吉诃德真诚的幽默。
是雷武铃——我的老师。在绝高之处，照亮我暗夜之路。
是印加人太阳的妻子，她生下漫天群星。
是爹破旧的车轮，它碾过满沟渠汗水皆流自渐衰的身躯。
是《静夜思》，是伊本·莫塔兹的名句：在夜色闪烁发光的花丛中/它像/一把收割水仙花的银镰。
是席亚兵的诗：青辉击落尘烟。
是信仰者死后的永居地。国王、英雄、接受奥义者和巫师享此特权。
是我无比向往的罗纳文，明亮、简洁如托尔的话语。
是变化与成长，潮水涨落，雨，植物。
是一个冲动。因伤害别人而不可原谅。
是欧洲神话中的蒙羞女子。太阳妒忌她的美貌而把灰尘撒在她脸上。
是我的朋友乔喜军、蒋斌。他们经历着另外的生活。
是双面的雅努，天堂与地狱的同一道门。
是博尔赫斯。一位当代的古人。
是天狗的月饼。全村人敲打铁盆，挽救有光的晚上。
是一封远方来信。它避免见面后无话可说的尴尬。
是临死的克利奥特帕拉，她说她的心将不会再像月亮那样变化无常。
是月亮，不可替代的天体。我们生活的另一本日历，另一只钟表。
是不得不结束的这首诗。愿它如月亮一样永存。

2000　昌黎

选自《仙人掌变形记》

仙人掌变形记

命运的符咒难解，他变成了一株仙人掌。
在街上行走时看见沙漠，
睡觉时梦见沙漠，醒来后觉得口渴，
拍拍自己的胸口，
手掌和胸膛扎在了一起。
还没来得及把恐惧变成一声呼喊，
已在镜子前僵直挺立。

恍如要醒了还没有脱梦，
他想这怪魔会即刻被现实矫正。
但他很快明白确实出了问题——
幻觉没这样真实，也不会从发梢痛到脚底。
每个细胞都分裂惊骇，
随即又释放万般活力。
若说有生以来他有过什么奇遇，
这算一件。可他呀，
没时间想到底哪儿出了状况，
便把硬刺往内心抚平，像藏起所有脆弱隐秘。

天还没亮他走出小区。

寂静正从敞开的下水井流走，
街角呼啸着披挂铠甲的冰冷空气。
天空好似倒过来的深渊
浮着几盏灯伞深不见底。
他奇怪，怎么就走到了这条路上，
还得年复一年继续走下去？

城铁站人流如织，车厢浑浊拥挤。
每个人都像一座活火山，随时准备喷发怒气。
他鼓着硬壳，竖起短刺，
捍卫自己的立足之地。
当车驶入密不透风的城区，
他想，这星球是太小了吗，
还是人们因孤单要挤在一起？

到单位他想戳破那些气球人，
终于只是蜷成一团，
开会时画小人儿和飞机。
想象外星人闯入要抓走讲话的领导们，
而他迫不得已显露了超能力。
现实中，他一辈子都只能是个小人物——
一只毛茸茸的仙人球。
轻手轻脚，滚来滚去，
没人关心他心里藏着什么秘密。

午餐他咽得太快而心中刺痛，

下午偷懒打了会儿电子游戏。
傍晚回家他看见城市被夕阳照着黄如沙漠，
又生出干渴难捱般焦虑。
好似满身硬刺要向外发射，把灯敲碎，
把楼击倒，把云打散成雨。
出站后他直奔幼儿园，斑马线竖起来变成栅栏，
汽车喇叭散落一地。水果摊下钻出鳄鱼，
火龙趴在烧烤架上卖力。
他觉得一切都在轰隆隆变形，
而夜色，再次把破裂的世界缝为一体。
当儿子拉着他的手说新学的单词，
在他难过的小旋风中，
有一柱宁静不易觉察的欣喜。

晚上他又梦见妻子。
梦见他在她身边从噩梦中惊醒。
浑身刺痒让他挠破了前胸，
软毛钻出来已长成了荆棘。
他急得满头大汗，像蒸锅盖上哗啦啦水滴。
接着他们一起逛百货商场，
每盏炽热的灯都变成了一个小太阳。
他迷了路，举手问这是哪里。
这是哪里？这到底是哪里呀？
可没人愿意回答他，
一个保安过来看了几眼，又走了回去。
所有人都瞧见了一株行走的仙人掌万分焦急，

可没人觉得该为此感到新奇。

梦醒了，她不在，生活还得继续。
他仍然在高处害怕掉下去，
在低处担心上面有人扔东西。
他仍然喜欢走在街上，在想象中恶作剧。
让开黑车的爆胎，让骗钱的收假币。
把一架子过期饮料都扎上小孔，
叫发小广告的撒一地。

他还想刺伤那些鲁莽抢座的人，
在车厢里大声非议同事的人，
在聚会中辩论却全无逻辑的人。
但他从不真和人斗气，
害怕那些幻想中的暴力加之于己，
让他失去最宝贵的东西。
只有一次，他用一个笑话讽刺了一位时尚女。
她在酒桌上跟左派争论与右派为敌，
从行为艺术蹦到诗歌，从“文革”跳进西游记，
结果当她显出惊愕，他觉得只刺痛了自己。

他吃得少了睡觉也没了规律。
他在晚上唱歌，在白天倒立。一会儿变作蟹爪兰，
一会儿成了橙绣玉。有时缩成一根仙人柱，
安居一端，看万象都成奇异。
他甚至觉得时间变慢了，

当他坐在阳台上发呆，雪下起来好像不会停止，
汽车如凌汛中的冰块不徐不疾。
有时他会脱窍而去，
独自到另一颗行星上思考问题。
比如他想，生活那么艰难，怎么死亡却那么轻易？
灵魂和肉体，为何活着就已分离？

他开始执着于有关存在的命题，
有时睡着了思想还没停止，
半夜突然坐起来，
数一根根尖刺像触到了谜底。
天暖和起来他开了花。
如果说他的生活贫瘠，那他想，这花算难得的生机。
虽然如梦境醒来就凋谢，
但它那么鲜红，那么艳丽，
那么令人甘愿付出一切，丝毫不会犹豫。
他对这样的安慰满意。
仙人掌没人找可怜，仙人掌只能自己照顾他自己。
他的刺是他的尊严，是他的脾气，
是他几桩羞愧的回想，
也是摆在面前这恼人的遭际。

要能重新选择他会挑另一种生活，
让他从现在改变却没有勇气。
有时他会到公园住几天，偷偷把根扎进泥中。
有时他一个人去郊区，躺在毛栗子树下，

想再来一只刺猬足矣。
在小鸟的叫声中他闭上眼睛，
风吹来植物们悄声细语。
有时他觉得自己并没有变成仙人掌。
还会用手去摸前胸后背，
因爱和愿望而生出刺痛，
因刺痛的消失而生恐惧。有时他独自走进雨中，
哦，久违的雨。怀着
深深的满足，他感到黑色刺芽颤栗，
绿色汁液如渴望熊熊燃起。
好像令他不安的，不是超然于完美之上的缺憾，
而是一具摇摆着尖刺的古怪形体。

2013

痛苦采集者

痛苦采集者收走痛苦
让嚎啕大哭的人不知所措。
刚在疼痛中抽搐的人目瞪口呆
手捧热泪成冷冰冰汗珠。
走在漆黑阴冷的街上
痛苦采集者一袭黑衣
如更夫收走时间收走痛苦。
却不给下一段时间
不给痛苦酿成的幸福。

在深夜他收走恋人的痛苦
不管他们的爱因而减少。
把苦苦思恋攥在手心
就像伸手采撷的花瓣。
在黎明他收走夫妻间痛苦
不顾他们绳子绷断朝两边摔倒。
含着误解如苦味的树叶
咽下怨恨如露珠。

失败者无法承受失败

或在失败之中积累下一次失败。
痛苦采集者收走失败者的痛苦——
就像屋檐上瓦片被石头击碎
失败者感到心头啪一声响后复归平静。
看着楼群间升腾的光雾莫名失落
一个披黑斗篷的人走在街头。

痛苦采集者独来独往
在夜色中收走诗人的痛苦
任他陷在超现实主义薄雾。
寒冷的雪天道路僵硬树木宁静
收走丧亲者的痛苦
让生者的日子如死者乏味。
雨水泛滥的夏天阴沉沉的
收走不得志者的痛苦
让他们对着宏伟的计划干瞪眼。
大风天他收走政治家的痛苦
让烟囱的呼啸盖过窃窃私语
让阴谋对诡计感到厌倦。

空虚者的痛苦就像泡了十几遍的茶叶
虽然无味但更难忍受。
痛苦采集者收走他们的痛苦
就像从芭蕉叶上刮下霜粒。
从失眠中他收走无助者的痛苦
但无法驱散冷漠的阴影。

从睡梦中收走不自信者的痛苦
让他们不再只从自身的卑微寻求慰藉。
他收走愤世者刀子一般痛苦
无知者盔甲一般痛苦
把它们放进黑色的布囊
走过夜色浓浓的街头。

痛苦采集者收走穷人的痛苦
也带走同等分量希望。
收走绝望者的痛苦
不管他们怎样紧抓着不放。
终于还是化绝望为悲痛，化悲痛为隐痛。
收走病人的痛苦
让他们狐疑着欢欣。
收走悔罪者的痛苦
让他们因忘却释然。
收走完美的人们仅有的一点痛苦
让他们不完美。

每个晚上每个不眠夜
痛苦的牵牛花在暗处开放
并打开倾诉的小喇叭。
痛苦采集者收走这些痛苦
趁它们还没有凋谢。
他独自走过月光浸透的街头
如一阵黑色的雾。

痛苦采集者收走痛苦
像抽走了黑夜的黑。
但这世界并未因此更明亮——
在世上数不清的痛苦中
他找到并收走的微不足道。
他走过的街区越长越高
超过二十层他无力进入。

他住在一间低处的屋子
一张木桌和四面墙的书。
白天他友善地对人笑，热情地打招呼。
他会长时间打给最亲密的朋友
分享他们的快乐
却不会分享自己采集的痛苦。
没人知道他到底在做什么
他怎么会一人生活那么久。

痛苦采集者最早是星光采集者
是一个纯真的山村少年。
在大地深眠的夜晚
他在野花上采集星光。
他把星光放进瓶子
就像放进一只又一只萤火虫。

那个瓶子越来越亮

照亮整个山村。山那边一个小女孩
每晚都看山顶溢出来的光。
有一天他去采星光
发现草地上那么多痛苦。
他采下痛苦放进瓶子
就像放进一只只毒蘑菇。
瓶子一点点变暗。
他在那站了一整天
吞下那些痛苦炼成的药丸
感到自己长大了并充满力量
夜再次恬静而美好地降临。

他走进城镇，到每户人家采集痛苦。
背着越来越沉的痛苦
他觉得这星球缠绕的绚烂星光
正把众生的命运织就。
他不是一个阴郁的人
不是一个沉浸在黑暗看不见光明的人
他是一个生活在自身之爱和世界之爱的人。
披着黑色的斗篷
像当年在山坡上采集爱
现在他采集痛苦。晚上变成猫头鹰
白天是一只壁虎。

2012

透明人

暗夜中高塔孑然耸立
他蜷缩在塔顶的水泥屋，如一个婴儿哭啼。
哭声很小，没人听得见
即使听见你也会宽慰自己：我并没有伤害他。
也没人能知道这声音从哪里来。
他的房间，小到只能容下一个人
与其说是屋子不如说是个窝，
椭圆形的窝，竖立在半空像枚蛋壳
让你想到有什么东西在孵化。可这么冷的天
没什么能孵化出来。
他的意识如睡梦飘忽不定，
在狭小空间看见黑暗广阔深远。
他的身体麻木僵硬，胳膊紧紧夹在胸前
像挂住衣服两只卡子，小腿硌进三角铁棱
几乎嵌为一体。一股黏液
顺着踝骨流到脚心，温热，滑腻，
和他的眼泪混在一起——
有时他的泪水就像没拧紧的水龙头
滴滴答答不停，他的脚趾来回揉动
把它们揉成一个个软软小球。

这时微光透进铁窗缝隙
像蛋清注满了他的蛋壳屋。
他感到时间的指针在头顶
鸽子一样盘旋着。水泥墙壁
发出蜜蜂的嗡嗡声。当他看见
呼吸变成白色，他知道早晨来了——
这心弦紧绷的时刻，每天都是这样：
他为物体在晨光中显形而紧张。
谨慎地倾听每一个响声，
每分钟都担心有人来，虽然这绝不可能。

但踌躇良久他终于鼓足勇气，爬上屋顶
打开了那扇铁皮窗，那唯一的出口。
他非得如此，唯有光才令他存活。
更多的声音开始向这里汇集——
是的，这高塔是世界的一只耳朵。
他小心探出身去，站到蛋壳屋上：
城市随着车流旋转，林立的高楼
在四面燃起金色火苗，鸽子振颤寒冷的轻烟。
风虽不很强，却让他耗尽力气
阳光开始注满他的身体
他能感受得到，但什么都看不见。
只是远远看到那个房间
防盗窗囚禁着静止的窗帘。
自从丢了钥匙，他再没回过自己的家。

那是在很久之前。他在门前绝望
却不敢叫邻居帮忙。他到街上游荡
到处都是人，他怕人们把他瓷器一样撞倒——
因为他们看不见他。他住到了树上
醒来身上落满了险些让他暴露的雪。
他在惊恐中走进地铁
人们把他当成空隙，几乎令他窒息。
他只好逃到厢顶，疼得流下眼泪。
一个姑娘因为水滴而好奇地盯视他。
他知道她什么也看不见，可还是感到害羞
像做了坏事被人拆穿。
出地铁后他差点被车撞飞
他在想那双大眼睛。面包车擦着鼻子冲过去
令他一整天浑身战栗。他开始往高处爬
想从外墙回到自己的家。
还差一层，楼下的邻居家传出阵阵欢笑声。
他不好意思往里面看，停在那进退两难。
他的眼泪，和空调中水滴一起落下。
那一刻他觉得自己像太空站里的人
同样悬浮在地球之外。
或者只是一只挂在十几层楼的风筝
大风呼啦啦撕扯着他。

最后他来到高塔。一座废弃的塔，
神秘的禁地。那么高

往上爬时他觉得再也下不去了。
他果真再没下去过，学会靠回忆建设新生活
孤单得就像被遗忘的某物。
只有一只斑鸠曾落在塔顶
他欣喜地听它唱咕咕的歌，觉得那歌只为他而唱。
他把胳膊当作树枝，要承接它。
把手拢在它周围，要温暖它。它飞走了。
不管它感觉到了什么，他感到羞愧。
有时他耽于对温暖房间的幻想
这也让他羞愧。
他甚至为自己看不见的身体羞愧。
当他长出尾巴，手脚能在墙壁上攀爬
他仍然想象不出自己是什么样子。
没人看得见他，他自己也看不见自己。
也许你在出门时会听到高塔上嘤嘤啜泣
也曾在树上听到哗啦啦的异响
但你还是不知道他在那里。
对墙皮和树干上的浸痕，会错以为那是露水
而不知道那是咸的。那正是他的眼泪。

就这样他住在我们看不见的地方
每一天都比从前更孤独了。
每一天他仍然为一切事感到羞愧。
他并不是隐身人，他是透明人。
他的意念都是透明的，不敢伤害一根草叶。
在昏暗的房间，念昏暗的哲学。

大部分时间他盯着墙面，从无中生出有
从有生出万有，从万有生出万象——
他就是这样看世界。如果不关上那扇小铁窗
在那圆形小视野中望天空
有流星划过，有鸟群飞过，但不会落下来。
没有什么会来拜访他。
最可怕的是，对整个世界来说，他是不存在的。
他那微小、隐秘、令人称奇的存在
只是最彻底的孤独。人类的软弱、无能和恐惧
他都得一一承受。
然而他又是那么与众不同——
整座星球的喧嚣沸腾，比起他的害羞来说
都算不得什么，都只是小小一团
就像那些泪珠小球，滚动在他的脚趾间——
在漫长的岁月中，在高塔上封闭的蛋壳屋
一粒粒橙色琥珀等着人们去发现。

2012

暗夜飞行者

他们从窗户飞出去，从房顶飞起来。
从树下起飞撞到路灯上。
当夜色降临他们飞上天空
悄无声息在云端悬停，看大地漆黑灯火明灭
宇宙灿烂星若流萤。
他们比夜鼠敏捷比空气轻盈
比鸟儿更热爱飞行。一仰身就扎进云层下黑暗
打开双臂就喷气机一般大转弯。
他们上下翻飞把夜幕撞得乱抖，
但不必担心，对他们来说
飞行如梦一样隐秘又安全。

他们是暗夜飞行者，在昏黑的世界隐匿。
一飞上天就全然忘我
像游戏机前的孩子专注痴迷。
他们搅乱霓虹灯雾，剪断聚光灯柱，
飞驰过摩天大楼间狭窄空隙。
他们绕着塔尖飞，往天井里飞，哪里黑往哪里飞，
仿佛在追踪另一个自己。
当流行歌曲在广场上响起，没人注意

他们浮在喷泉上，踩着水花像冲浪。
游人散尽他们掠过空走廊
飞过广阔的田野，宁静的村庄，
飞过熟悉的边界，到陌生的远方，
常常越飞越害怕。

他们自由自在往前飞，随心所欲向后飞。
他们在大风中飞，森林贴着山脊流动。
在月光下飞，空气如湖水澄净。
在大雪中飞，跳雪花舞。向着落山的太阳飞
灯一盏盏亮起来紧紧追随。
他们贴着地面飞，看大地海浪般涌来目眩。
跟着火车飞，骑上喷吐的白烟。
沿着河谷飞，在水光指引下探奇。
追着飞机飞，被涡流锤子一般撞击。
他们勇敢地在雷雨中飞，穿梭在闪电劈开的幕墙
子弹般身影被瞬间照亮。
还会突破乌云缝隙，
忘记地心引力直奔星空而去。
直到空气稀薄无法呼吸，快速向下俯冲，
像跳伞运动员拉开伞绳，
一个漂亮的姿势，稳稳地落在对流层。

从汽车里、图书馆，从小花园从电影院，
从所有僻静角落，当夜色加深他们飞上天空。
不用翅膀，而靠意念驱动。

他们在夜空送秘密的信，
把心事吹进气球，把辩解挂上风筝，
把暗恋写上花瓣把欲望装进孔明灯。
还不忘把童年的小宝藏，从一棵树往另一棵上转移。
有时落上电线，像乐谱上休止符休息片刻。
有时落在森林，踩着柔软的树梢
感到无名的威胁正打树丛间升起。
暗夜飞行者无法触碰大地
即使回到家乡也不能下去。
至多只在院子盘旋片刻，洒几滴水在新翻的菜畦。

夜空那么辽阔那么神秘。
他们分享它的富有分担它的贫瘠。
当夜深人静他们飞上天空，
为每一朵新发现的云命名。
采摘云缝隙的苔藓云野上的野花，
也拜访云崖上隐士，听他们的过去。
他们时而像孙悟空翻筋斗云
时而像春蚕裹着云衣静止
看地球在下面慢慢转动
一瞬间觉得自己也是一个天体。
翻筋斗云也找不着猪八戒，像天体也像小米。
因为他们是暗夜飞行者，从不被人注意。
困倦的学者读完书后仰望
看见他们以为是书中幻像还没有消失。
男孩女孩睁开眼睛，瞅见骑着扫把的魔术师，以为一吻诞生了新天地。
夜班司机看见他们赶紧停车
以为刚刚睡着了并做了梦。
而孩子们尖叫狂喜，紧追着奔跑被大人叫住，
挨了训斥觉得委屈，却把他们藏在了心底。

从古至今，暗夜飞行者从没有改变
在天上实现所有心愿。他们是天真的幻想家，
觉得自己是神仙无所不能，说有风风就来了，
想到雨雨就下个不停。
闭上眼苍穹化成时钟，
一合掌，就连接了天上地下两片星空。
他们是孤单的艺术家。
在天上唱歌、画画、自言自语，
拉起溺水者，指引迷路的人，
但绝不吵醒熟睡者，不惊扰坟墓中灵魂。
他们是勇敢的探险家。当大地把他们向天空放逐
他们在云山上张望地球。
当天空向大地发出命令，禁止人类在暗夜飞行，
他们不管不顾，一踮脚
把天空和大地同时征服。
他们是时光旅行者。飞向未来，
看见年老的自己椅子上打盹。
飞向过去，看见少年的自己院子里看天。
他们把未来的礼物带给过去的自己，
请他好好保管留给未来的自己。

从书页上、睡梦里，从冥想和游思中，
从一切孤独的地方，当夜晚到来他们飞上天空，
留下空屋越来越远像大海中渺小的航船。
整座城镇变成一艘大船
地面只剩下漆黑一团。
他们在我们看不见处飞呀飞，
没什么能阻止他们把夜空当成游乐场。
他们甚至想飞上月球的表面
到土卫二乱转。然而他们离不开地球
也没法彻底脱绊，
就像被一根看不见的线牵着
让他们不管飞到哪，都感到丝丝震颤，
好似那线就拴在心口，提醒天亮前就要回返。
当太阳出来重量将重新回到他们身上，
肉体再次成为灵魂的负重。
到那时跳过一米高的篱笆都要倾尽全力，
还很可能摔倒在地。

2013

《长诗》

窗

——给与溪

在两团永恒的黑暗之间
我生活在明亮的世界里。
——奥尔罕·帕慕克

（一）小田庄

一夜夜，我数那二十四块玻璃
不断变换方向。上下固定两排
夹住四扇对开窗，样式普通、呆板
却如包罗万象的魔镜令我着迷。
腻子早已开裂，又黑又干
蓝油漆褪尽的木框上，深色木疤
像小旋涡，卷入时间与黑暗。
那是少年的夜。少年的梦
激动又模糊。而那些时刻多么清晰：
月光斜倾进来，在呼吸中
波动着微凉，低伏的院子注满明亮
反射到墨晕树岭后未知的尽头。
月亮在天空坦荡运行
爬过道道窗棂。这面窗

是农村生活的百科全书，窗台上
九月菊、万年青、金枣、君子兰吐纳芬芳。
夜幕拉开后，蟋蟀、蝉、青蛙
歌唱动人的沉静。狗和骡子一动
睡觉最轻的妈就起身察看
爹总翻个身说：没事。

但有些传闻会横亘数年。
抖动的墙头草，手电筒在当街
有意无意晃过，常勾起最真切恐惧。
特别是恶劣天气，一家人不怎么说话
盯着夜层层加深，躲进自己的梦。
大槐树声，压倒一切。那树
在南院门外占据过半视野。
记忆中它就是天气与季节。
春夏凌风瀑雨，一次我目睹暴风
把它折弯四十五度，上百棵树连根拔倒
雨停后它依旧森然耸立。秋天
它疏朗挺括。冬天是精致的塔
灰黑中泛出微白。九几年
一对奇异的大鸟落到树上
在三丈高劲摆的枝条隐现沉稳身姿
像落难的皇帝与皇后。
一连半月，不筑巢，总在沉思
晚上几乎也能感到它们。
琢磨着运数离奇，被特别的幸福攫住

——它们是突然降临身上
却无法拥有的礼物。因此爱
被从自我拓展到它们栖身的高度。

传为奇闻，孩子们老远跑来射弹弓。
我全力斗争，无挽它们的宿命。
苦涩窗景中另一只
几天后也悄然消失。他们说
树是你的，但鸟不是。
一连数日我怅然若失，为设想中的木屋
为它们突兀的来去，摄人的孤独
为其存在令懵懂之心沉醉。
如今我懂得一切美的事物
只在心中长存。那棵树
更加多舛，先被茅坑烧了根
两年后又因太繁茂，妨碍了新架的电线。
爹和村长雇来的光棍（正在树上系绳）
摆出年轻时的强横，也只拖延了几天
外加一百五十块钱。
窗子空了，月亮立刻单调。
一眼望去，只剩老式房顶连成的
浓黑线条。檐下反复筑上新泥
孵出相似的一窝，粪白在窗台硬结
蜘蛛不注意地结出大网。
那时不让随便点灯，费电，招蚊子。
隔三岔五突然停电。

尤其暴雨天，大喇叭频繁广播电工
声声炸雷，像要穿透屋顶。
除非睡着，只有那窗可凝视。
吵架声、婚丧嫁娶，鲜活如在眼前……

那里无所不有。微小愿望
斑斓幻想，及孩子的视野过滤着的
混浊现实。随着长大，那里
逐渐一片黑暗。冬天一关数月
有时还蒙上塑料布。多年不擦
玻璃锈上尘垢。半透明
望去像铜镜上的反影。
只有右上角那透气小孔依然贯通。
不管天气如何，皆能自由穿梭——
到外面广阔世界，我的神话王国。
喔，那些完美之夜，那时光小孔。
现在我借它往返童年
正是那扇木窗后，我住过的
离世界最近的房子里，做着最无忧的梦。
逐渐觉察身体的变化
十分突然地，被失眠第一次占据。
重新上演白天所有故事
并领会万物必将陆续向我们开放
终有一天我会从外反观这里：
纯粹、充实的每一个分秒
平躺着目睹季节流转，鸟儿迁衍

那窗，一闪就将世界还原成自我。
感到与繁空之间并无阻碍，只需追随
壮丽的星座，静静与它一同旋转。

（二）保定

> 常常在这样的时刻，一种神圣的平静
> 向内心涌来。于是我全然忘记
> 肉眼的视觉功能。
>
> ——华兹华斯《序曲》

和单间小屋正成比例
一扇很小的对开窗。大约一平米
被钢筋竖割成更小几道亮光。
变形木框难以卡紧，左边玻璃横裂开
凸齿咽下拉长的灯影。
咔嗒的磕碰，如钟表消磨着夜。
风更大时挤进来擦脸
将呼吸挟裹而去。后半夜入睡
十点后起床，大三开学合租下那
摆放十几捆书和两年颠倒的时光。
尚不懂时间与自由，最难支配。
关灯后，常常激动于不在眼前之物
或因疲惫生出平静，盯住一物别无他想。
书堆、晾衣杆，墙壁、天花板
依次还原。大床靠墙一面

书竖着码放五层，厚书夹作隔板。
最下层沿着床头横拐过来
半围住我。书堆之上
月光打出长方形窗影。树枝
在框内不规则摆动。有一天
我盯它衍出万端，如同奇遇：一辆马车
变成她的脸。翻动的书，世界地图。
载着河流与群山，极慢地向北移动。
一桌之隔，高原睡在更暗角落。

平躺时那窗就在脚上一尺。
一平米光阴，打开十平米世界：
朱漆木门连接短廊，灰瓦下
红檐斜探下来，石榴树撑满空地
升过屋顶。更高处，巨大的杨冠
连成绿色天穹。这层层遮蔽蛋壳一般
密封住小院。幽凉和暗寂渗入后
内与外连为一体。书在沉睡
笔记本、台灯在沉睡，诗歌在沉睡。
我也睡着，如被蚕茧层层包裹
隔绝于喧嚣闪耀之城。
所有熟悉或陌生之物都在
封闭又开放的自我中悄然更新。
石榴雌花隆起它的基部，孕育果实。
水滴一闪，落在院角的水泥井台。
每天在那刷牙，冷水浸脸

冬天水管冻住，我们点火化冰。
它南面是小厨房，大厨长胜
两个冬天只做一道菜。厨房边
进大门后两米小走廊
我在院里读书，她带雪球来访。

还有个神秘客人，爱从墙上进来。
它先从屋顶跳上侧墙，谨慎地侦察后
弹球般几下，借树枝到井台。
确信无人打扰，下去喝水。
上来后捧着前爪洗脸。毛茸茸
尾巴翘如椅背。它喜欢在那稍稍流连。
一次被我惊动，它飞快跃上墙头
消失在那。好久才再来。
我总盼望它带来另一只
或者领着全家排队从屋檐下到方形井沿。
但连它也不来了。碗大的石榴
拉弯枝条垂满庭院，前檐的瓦背上
也铺上密密一层。直到房东没打招呼
留下几个作礼物，才察觉
不经意的忽视，错过了本应有的
更好的交流。我没动它们
任其与树顶摘漏的熟到裂开
冻硬后变作铁黑一砣，开春还在枝头。
可能乱泼洗头水，也可能是蚜虫害
它没再从病恹恹中缓过来。

别处，没见过那么好的石榴树。

下雨天，从高到低几层声响
在溅洒的檐流中清晰可辨。
放晴后还持续很久。雪后极度安静
细小融流和阳光在雪檐的反光
树枝弯度的变化，令人有时间停顿之感。
在孩子般行大人事的年纪
在那座变化中的古城，我度过了
最后的不拘岁月。那小屋
保留了我所有的秘密：丧失了
模糊而可贵的激情，也走出苦闷与惶惑。
向一千个方向伸出触须
谈论并不理解之事。庆幸遇到一个人
一个表白之夜。接待最初的精神之友
品尝身体的丰盈。写出最初的诗
感受它的压力。围棋盘上
斗象棋的意气。那时我奇怪地坦然
没意识到做一件错事多么可怕。
不知道是否出于故意，我过滤掉了
墙外卡车的轰鸣，隔壁饭店的深夜喧闹。
我只知道那儿是我的世界
大于外部世界的总和。不知不觉间
在那灌了浆，像等着成熟的石榴
只有将来长裂，才懂得藏于自身的秘密。
不相信离开，忽视本该有的道别。

而任命运，在抽象的地理学上铺展
带我去可去之处。

（三）秦皇岛

四楼，朝西。入住时
塑钢窗换掉了不成样的旧木框
三面封住那小阳台。下午特别敞亮。
盛夏探身出去，是葱茏的山谷：
两边枝冠交错，大团槐叶
簇拥玻璃。而不透风的老榆树
封住整个正面，遮住灰矮老港区——
铁道南，城市新一轮繁荣中
遗忘之处，反保留更多亲切。
尤其晚上，灯点可数
不像天空浑黄的主城区，南山街的夜
还能半隐蔽自身，半显露沉寂。
风一吹，浓黑树冠慢慢起伏
宛若巨龟。屋灯下泛亮的密实叶片
更显出空间深远、夜色凝重。
向上，阴影凸显的微白空隙
鸟儿一抖，就消失在平坦的湖面。
深水的安宁透过黑黢黢轮廓
浸满悬浮的阳台。每天看书累了
就站到那，看云，看树。
看潮湿小路上晚归者，或悠闲，或急促——

独行者举步如飞，情侣们
缓慢而沉默，突然追闹起来。
真正的散步者，步子呼应涛响
显出深沉的满足。

阳台内是书房。有生以来
第一次拥有自己的书柜。两个处理货
四个来自旧货市场。
我还买了洗衣机，热水器，电冰箱
不断搬书回来，体味独居之乐。
但没买电视，电脑还是刘冰那台
“多能奔腾 166”，接触不良
开机如开蜂箱，写东西才用。
后来添了一台天文望远镜
最小型的天狼牌。从没找着月亮
更别提环形山。但白天架在窗前
拧动黑色旋钮
看到别的秘密：树冠深处
无从洞察的树叶间，一只小蜘蛛。
它米粒大小，膨大的肚子
通过短柄连接着头。它的细丝
在阳光斑驳的嫩绿间闪烁。
它特别安静，伏在八卦网上占卜
小飞虫的命运。它生活规律
心思单纯，任何打击都不气馁。
它是我那个夏天的朋友。它的眼睛

是复杂的物理难题。不知它能否看见我。
我用肉眼找它，看不见。

树下那条路直达海边。很窄
刚容两车对开，沿坡而上
左边土埂上老槐树连成浓荫
到夏天满街花香令人迷醉。
底下的枝条，斜伸在跳跃可及的高度。
那两年，从大小汤河到南山街
独自散步去海边成为习惯。当海风涌下
叶片沙响，走在那段垂荫夜
如在时间中穿行，来到喧嚣的大海前：
月亮铺就金光闪闪的路
通亮船队延长海岸，南山头灯塔
旋转的光柱搅动星星密布的天顶。
背后是“求仙入海处”，东面
是浴场和游船码头。退大潮时人群稠密
挖捡纹贝、海红、小螃蟹。
就是在这，我们常忘记回去。
要么深夜才抵达，在无止喧响中
亲密交谈，目睹安静成片飘上陆地。
你说这座山，像爱琴海上一座小岛。
我庆幸在这重新遇见你
让彼此孤单得以分享——
那些随季往返的大鸟，久不联系的友人。
生活轻若尘土，落在无人垂顾之处。

有规律的紧张彻底放松了我。
带着初学的新鲜，和时间下着
互无所求的对局，周末的火车才打破。

落叶后，在窗前板凳踮起脚
可见模糊一片海。海波说
那是幻觉。但凝止的灰白融入天际
比近观更像当年在黄金海岸
第一次看见：打远处跃出地面
一下充满我的身体。
我把房卖给李静，她丧夫后转卖。
书架、写字台、床、衣柜和户口
我把它们留在那里
只带走了窗外那片自在的山谷
树叶间，蜘蛛吐出的精微宇宙。
对它们观察，令我领会诗歌之艺。
在那里，很久没有写作的冲动
尽享生活之甜，也被剥夺奋发之力。
我读每个找得到的诗人
为陪伴自己。五十多平的小屋
刻意躲避着缓慢的旋涡
周末叫大家来吃海鲜，试图给
二十多年的老房子塞进更多味道。
暖瓶打碎，能漏下去半壶。
最爱停电，老住户装修的轮船漆上
墙皮半年一爆。但我仍感激单位的福利

它让我有个地方重新看待自己
让我在收缩的自我与膨胀的世界间
探求平衡。虽然失去之物
正是美的根本，虽然它是厢房
面临拆迁，可若要我选一栋房子
我愿回那过所有未来之日。

(四) 廊坊

谁谓筑居小，未尽乔木西。

——杜甫

我知道，这不可避免。
那是几棵树看守的大片野草地
(鸟儿像满枝果实)，被百米外南马路
自东斜拐过来勒着，不惹眼地吐花结籽。
田鼠和狗快乐奔蹿
野蒿疯长，大叶刺刺秧肆意纠缠
令那成敞开的禁区。从窗台下看
掌形叶片火苗似的燃烧。
一米多深，厚厚植层遮蔽中保有
界限中内在的完整
使它不依赖外物而独立。
昆虫求偶，躲避天敌。雨后浓烈蒿草
令当年河谷一下显现。
然而，不到两年，魔术一般

他们在那摆满嵌着观光梯的高层
六层板楼、会馆、溪流盘绕的花园。
设计古怪的大木船
（船头是地下车库出口，船上
是喷泉和凉亭）也终于两次返工后
停泊到贴着池底的水纹中——
大而不当，需时间适应。
而孩子们立刻喜欢，上去点火，抓鱼
逗小狗贲贲，和保安打游击。

那年着急搬进去，没来得及装窗帘
也没包阳台。雪花悠悠落在
推拉门外，月亮静如街灯
风穿过空空的屋子，没啥可翻动。
变幻的云山，吞吐飞机。
我享受着团聚，顶层开阔的视野
使生疏感得以慰藉。
和她一起装修，设计更大的书房
也设计了我们的未来。深夜
俯瞰黝黑中下陷的草地
神游到更荒野所在。它消失后
从林立高楼，看视野中更高之物。
开始留心往返的陌生人
思考不相干的命运。还在寒冷冬夜
看见一个绿化坪上放羊的人
烟星在它融入的黑暗处闪灭

裸露的羊背，像未化尽的雪。
这崭新的生活，怎么看都算适意。
可精神，与此无关，永远是
个人之事。出乎意料
在此地，完全打开它的本质——

早晨醒来，很小的天空被晾衣杆
分作数块。这是我的窗
我的天空吗？不见其广阔、深远
只是一方枯燥平面，如同自我绝缘的生活。
除了镀锌板被雨敲击
大风在烟囱叫得凄厉，天气
离我那么远。季节也迟钝——
仿佛不在轮转，而是老虎机上随意显现。
各自孤单，朋友们一年不来几次
倒常有意外来客打破沉默：
下水道钻出蟋蟀，通宵唱歌。
一次半夜，窗子“砰”的一响
一只小麻雀几乎撞晕。它用喙抵着玻璃
扑棱翅膀。我探手握住它
软软的，几乎感不到骨架。
它惊恐地转动眼睛，雏黄还未褪尽
尚浅的羽纹蜷在手心。
我叫她也来看，然后放在窗外
继续把自己关在窗内。
想起小时候早起，堵上西屋窗眼

在檩上搜寻。它们满屋乱飞
撞到镜子上。麻雀很少能养活
不料如今的我，同样有它们不适和窘迫。
愿望与现实，像两只公角马
互相抵着，重重地撞击。

我不敢断定，好与坏的波峰低谷
是否互存因果。它所演变的
自我消耗的凶猛浪涛，很久才适应。
如今我懂得空虚也是生活的本质。
惊讶艰难上升的途中
居然度过那么多厌恶的日子。
植物神经紊乱，疲惫身体充满梦魇
五脏四肢出现小问题。再次袭来
似乎更强烈，更难遏止。
我好累啊。怎么会那么傻？
明知什么是对，什么是错
难道我之中，还有另一个我？
或者生存的意义，就在以对手的身份
对虚空的认可？我相信那小鸟是个使者
对我是长久的提醒。奔向光亮时
撞得疼痛。缺乏诗意的现实
唤出诗歌的本质。我不知道
最终如何、是否能战胜它。
我感觉我能。谁知道。今天
小溪不再哭，才有勇气继续写诗。

我俩都以犯错的方式在长大。
我为成为现在的我而满足。
打开窗帘，理智如一捧光在黑暗缝隙。
闭上眼，就在满挂衣物的阳台
那想象的野草地深处，看到一条路。
三十岁的年纪，前顾后盼，就要走上
人生的后半途。我知道自己刚刚起步。
知道命定的艰辛。是的，朋友们
有你们看不见处同行，我并不孤独。

（五）

当我向下退去的时候
在我眼前出现一个人。
——《地狱篇》，第一歌

他在我临睡时，星空与云朵之上
与我交谈。在我打开书、写到一半时
不经意地浮现。他教我语言的秘密
化痛苦为欢欣。在最空无的日子
我倾听。不然，我的道路
是一个谜。是什么安排我们遇见
在那课间的楼道谁在后面推动羞怯的我
命运还是内心？我们骑车
去阳光下起伏的麦田。
睡在暴晒的南戴河海边。夜荫下散步

谈论诗歌与人生。和他在一起
恋爱般的激情，充满每一个细胞
使我第一次感觉被人类的智慧所照耀。
喔，那是过得多么快的日子！
我引为荣誉，却粗心大意
不相信的离别，送我到蛰伏的洞穴。
那些设想中温暖的长信——
说出所有想说，又只适合信中说的话——
消耗于现实的冷漠。好几年后
我理解了一些话。真正意识到我所面对。
十一年。有幸置身看不见的大山——
我们时代之巅。对他的思念
使我攀向那个更高的我。

我梦想有一天打开窗户
有鸟语花香流入。就像山水画中
摆动的树和静止的山峰。人超然于木屋
流水、岩石和一切存在之上
修炼成无为之物。关于理想生活
我还见过一位音乐家，打开窗
群山环抱大湖，云帆鼓荡在如镜的水面
洁净、光滑的淡蓝色天空架在明亮雪峰的
灰色裸岩。没有植物、动物。
毫不累赘，静止，近乎虚幻。
远在我世界之外，又在眼前。
其实我有点害怕那不真之感。

因为我们所在喧杂，安静全靠内心。
我们视觉发锈，听觉迟钝
也常落在身不由己的迷雾无力探寻。
那种长久的、自愿的自我封闭
是为将精神存之于内，还是将现实
摒弃于外？和我们在同一个世界上
还有那些劳累一生、从不思考的人。
背负巨石般粗糙的信念
又快又稳。他们和我们一起担负和推动。
还有那些幸运儿，被厄运压倒的人。
以及拘泥于自我和现实双重溺妄的人。
他们和我们是彼此的一部分
是互相的安慰和绝望。

正是在这个世界上：还有多少美我们从未体验
一瞥足以心胸震撼。
有时我们确实到达那里。呼吸在
他建造的远山、湖水和空旷河谷
成为他诗中主人翁的幸福
真切又甜蜜。他说，不存在理想的生活。
在板楼顶层乏味，下班路上羞愧
唯透过书与幻想，才能见可爱之物
打磨语言的利斧，雕刻美和丑。
哎，清楚的时刻那么少
以后要努力一点。写诗是为回报
也为了发现。通过先天的双重视力

向内观察自己，向外观看世界。
既熟悉了痛苦的形状
也明白了美和爱的根据。是呀
随遇而安，苦中求乐。弗洛斯特也说
没哪个时代更适合诗人生活。
可这样的日子，算好还是算坏？
怎么解释无休的厌倦纠结着糟糕现实
还常生出强烈的渴望？
怎么解释那诗歌中力量的来源？
那对应无的有？

我爱他南方口音，从容、温和、有力。
他说，最大的道德热情
是保持逻辑上的清晰。他朗诵时
饱满的激情有一种神秘的磁性
以至后来读书，那声音会自动响起。
他隐身在这受益于他的时代。
像厚黑云层下持续的闪电
光芒照射在蒙蔽的心灵，无可阻挡。
当一扇扇窗对我逐次敞开
我看见时间之河平缓凝静，潜流暗涌
时间之野广阔自在，万物繁荣。
在追随他、陪伴他的路上
暴露与生俱来之弱，也滋生出更大勇气
人人因怀疑而坚定，未来从未如此清晰。
谁不曾忧虑未来的阴霾？比它可怕

是日常的虚幻。谁没有过诗歌的梦想?
很多人说起年轻也爱写诗
其自豪和无奈都流露着对孤单惧怕。
谁没有过激情，欲作世界的主人?
连自己都失去。谁没有犯过错
不是在正与负的牵扯中成长?
可回头看去处处都是偶然。
谁能挡住时间的毁灭? 没有人。
除非相信写诗能创造奇迹，精神之美
像种子，像绚烂花朵遍布大地。
谁没梦想过在窗外飞翔?
小时候，那凌空之感就激发我的想象。
如今我更愿踏在地上，因负重而飞升
让每步发出回响。让诗歌引领我
通向山巅的瑰丽与平静，那永恒之境。

2009　廊坊

城市的光

——向托马斯·伍尔夫致敬

一

立水桥站是城铁换乘站。13 号线和 5 号线
吐出人群又把另一拨带走。
从 B 口不带电梯那侧上来，是汤立路
往北，有个窄长条的小广场。
原是一溜临建，拆除后，钢钉还楔在地板砖上。
白天聚集的装修工都走了，
扑克牌散落在踩扁的烟头堆。
卖冷饮的铁皮棚子，支在行人道的垂柳下
看店的胖女人啜着雪糕
有人走过，她就放下胳膊
合上嘴巴看马路，作出神的样子。
她小孩在玩一盆浑水。
这里坑洼不平，野蒿一人多高。
走过这一段，左拐一小弯，是新开张的万意百货。
在它与不温不火的奥特莱斯之间
孙楠的《拯救》一波波震颤
朝西店铺玻璃门反出刺眼白光
一眯眼，就似光轮旋转。

那些从商场、公交车、学校和写字楼涌出来的人
踩在贴满小广告的路面上
避让着满地垃圾、黑出租、摩的，
以及煎饼果子、烤肠、麻辣烫、劣质糕点的小车摊
汇集成流水。在油烟和臭豆腐混合的气味中
在油腻的铁板滋啦啦的怨泣中
咽下汩汩的悲哀。这一天快得有点突然。
这一天，是只痛苦的蜗牛。
向前，十字路口，趴活的小货旁
算命的瘦棕脸缩在小马扎上，指着油乎乎卦书
一副果然言中的样子。
年轻小伙，迷彩跨栏背心
回头在看“不灵不收费”的招牌。
高架的 5 号线将这一切置于阴影中。
继续往北是龙德广场——天通苑的商业区
家乐福呀、翠微百货呀、迪卡侬呀、百安居呀
过街天桥开始支起小摊。
安利推销员选好了最有利的地形。
拐向西边，是破落的中东路
在它狭窄有限的视野，太阳刚好落上西山
轮廓线上映出扇面状金黄。
西天云朵绯红，斜上方和偏向中天的云团
朝光侧都镀上了火红亮边。
火逐渐燃烧到云的内部，像闷着的火炉
捅开后漏出深处炭红。
而纯蓝天空东侧，云呈淡灰，向深灰过渡。

路两边，是“润枫·欣尚”和“公园两栋”。
都是刚建好售楼处。越过它们
巨型吊臂探到马路上空
高悬头顶如通往断空之梯。一对帅男女
坐在四米高广告牌上，憧憬“1+1>3”的LOFT理念。
再往前，是刚交房的“合立方”
入住两三年的“正辰”“奥北”，然后戛然而止——
东小口镇低矮破旧，人的衣着有点土气。
这边人也都不怎么过去，虽只有十米之遥。
那里曝土扬烟，民风不古……
哦，你看，我仿佛真的经过了那里！
此刻，我在十五层窗前看这一切——
我每天走的路，他们每一个细节。
我总忍不住想他们的生活。
这面窗朝向正南，两旁凸出的楼体缩窄了景宽。
几百米直至几公里外，一片片楼群错落
那高耸的乳白、青灰、深红、淡黄和肉黄
连绵一体，视线被完全挡住了。
城市的地平线在云端
因而人总生活在海底。
近处，绿防护网被红白斜格木板固定
罩着不断攀高的楼房最上面三层。
平台上电焊比刚才更亮了。这时
路灯亮起来。有远处的屋灯被点亮
不起眼，像一粒粒黄沙。接着，地面颜色加深
底处深灰开始向楼顶渗透

和仍旧明亮的天空形成了强烈对比。
不知不觉，下面十几层窗户成为一溜溜黑洞
最高处两层反射扇扇银光。
东边的浅蓝正转成淡灰，并向西扩展。
最后，所有的反光都熄灭了
整片楼群成为深褐色实体，
灯光从窗深处凸显出来。当它们隔墙相连
楼透出了自身的光辉。
这时太阳早已隐没，西山之上，金黄变作杏黄
不久后，又化成浑黄。黑暗不断加深
上升到一切事物的头顶。
直到将天空不断减弱的微蓝完全吞噬，
抵达星空之上的无限。
绿色、红色、黄色和蓝色霓虹灯渐次点亮，
把七彩光雾撑起上百米高。
电子广告牌从侧面看充满抽象画味道
车流眨动着，逐渐堵住了路口。
那些往车里塞小广告的半大小子
汗透的T恤衫，千篇一律的招呼
"海景房，看看不?"
吃惯了闭门羹，渐深的夜色
对他们是沉重的安慰。还在放那首歌
"灯火辉煌的街头，突然袭来了一阵寒流
遥远的温柔……"
我目睹这城市自热浪中醒来
光一道道挣脱出去，从极高处飞逝。

东方浑浊乌黑，西天乌云失去了体积
而成楼群之上漆黑的平面。夜幕真的完全降临了。
矮山上最后一丝沙黄也褪去了
山体随之消失。几栋原先没注意的楼
灯光中显现出来，构成了西边旷野的边界。
一个提包的年轻人，走过镶嵌射灯的广告牌。
怀揣着明后天的心事，至阴影中也没察觉
最后一道光正在远离
四面的灯光开始包裹着他。
另一个轻声跟唱街上的歌
像二十多年前走向露天放映站。
树先是变黑而后白得耀眼。
更加绚烂的灯在四处绽开，流转，升腾
商圈之上冷光，由幽蓝淡化为粉红、浅紫。
人越来越多，分成道道旁支，
漫淌在这灯光之城。灯火的辉煌还在上升，
他们的无助、信心、精力以及欲望
都得到了消耗和加强。
苦恼与欢乐也在攀爬坠落。
我在他们中间。越过陌生人群头顶
看见灯光抬高了黑暗，如焰火四下绽放。
一座座楼如同花朵盛开。变幻着形状，
黑漆漆的云层横亘在璀璨、斑斓的城市之上
星星开始浮现出来。

二

我曾在夜里从八大处看北京。
它横卧于黑暗围拢的城市之光，
各色灯火交织，撑起摩天楼、体育馆、高塔
发亮的道路划分着巨大棋盘，
胡同、天井、树丛无声地堆积着昏暗。
它的远端，伸入了微微翻涌的暗红色光雾。
地平线也消失在那，界线极为模糊。
整座城市之上，天空呈黄褐色
向上渐变到毫不耀眼的深灰
进而深入到那恒久的穹宇之中。
仿佛一个巨大黑色半球罩住了发光的城市。
最后会有这样视觉：天空和大地都已消隐，
闪亮的城市就那样悬浮。
它的雄心、规划、笨拙、臃肿、知识和声音，
都隐蔽在波浪般光芒之下。
那时，看着人类筑起的城市
和为照耀它而生出的光，感到惊奇。
就像每次被庞然大物带离跑道我都会惊奇。
而现在，每盏灯都在燃烧。
光的盛事到达了顶点。
她驶过一路通明的大厦、立交桥、亮化景观
以及吐露微茫的居民楼、奥体公园——
穿梭在光的城市，光的森林

光的大地，光的海洋。
感觉每盏灯都是一束浪花
每处黑暗都潜藏着危险与不解之谜。
从安慧桥到仰山桥，路还在向北延伸。
她把车停到暗处，抬头找寻。
我在等她。我会告诉她没去理发，因为懒得出门。
我在走道抱紧她。
感到了每道流水都饱含的对大海的向往。
感到芸芸众生的心跳，激流与交汇。
大部分人都以最低的生命意识在漫流与挣扎。
那深深渴求怎会就此终结?
十点钟了。像一道闸口，缓下来的趋于静止
惯性回旋中摸索暖与冷。
奔泻而出的更加激荡，于隐秘河道
成光影变幻另一形式。
几只非洲獴在街头游荡。
猴子和狒狒在盘算，长颈鹿在打盹。
河马犀牛一饮而尽。土狼沙哑，狮子飙出高音
沙发上醉卧着豹子，上世纪愤怒的摇滚
跳闪在它幽绿的眼中。
大象拧紧了时间的发条。城轨上
从车窗看见自己的马脸、蛇头、兔子眼。
路基外荒草、树木已凝固
鳄鱼在夸张地变形。
这时下班回家，都感到夜凉爽柔和
为不太挤而安宁。而后，飞碟似的面膜

悬浮在床前灯的苍白和镜前灯的赭绿。
玩具关进漆黑的箱子。
在他小脑瓜中奥特曼开始战斗。
那些男人靠幻想才能睡着。
欲以一支遥控器，一柄鼠标穿越时间
反将生命投入了暗影之路
将魔法施于自己。
他们的沉思多么轻狂。哦，生命的痛失。
我们相拥而眠。一小时后
我又站在窗前，被夜色点亮。
灯光兀自明灭。喝了一盒牛奶，很凉。
打烊的门市、饭店、商场渐归暗寂。
塔吊上双头射灯依旧扎眼。
它所照亮的工地，半截楼顶和楼裙水泥的反光
被周围高耸的黑影紧紧包围着。
叮咣叮咣的响声从这通亮的孤岛上传出，
喧响中很多人睡着了。
稍远处，楼间缝隙不断被弥合
原能窥见塔尖的小区模糊、消失了。
从那穿过的风扑面而来。
西南的楼越来越暗。
闪烁在楼顶之上的混光正减弱、变淡
最后和楼群一道融入阴影
失去了那条横陈在半空的界限。
而右下方，一盏灯突然打开。几米之外
她在自家厨房，应该是广告时段吧。

穿一件灰棉背心，用软纸对着光擦拭蓝花瓷碗
然后放到水龙头下哗哗地冲洗……
时间一点点过去了。
我们内心升起的光芒，如汗毛烁立。
绿萝甩动着它山桃形的手掌。
随后我到客厅，坐在沙发上。
整个北面，天空和楼群颜色更为接近
因为没有射灯，夜更柔和、凝重。
紧挨的四号楼，右下方有一面玻璃：
黑色背景上流萤纷飞——是车灯绚丽的光点
密密麻麻、快速交织着十字路口。
拐上中东路的车很少了。
这么快，已到零点一刻。最多快五分钟——
搅拌机、车轮、飞机、夜市、音响
所有声音汇集成持续的嗡鸣
就像全城萦绕着蜂群。
对面几栋扁平高层中，还有三分之一亮着。
甚至能看清二号楼有人上网
有人在看电视，有人就那么躺着。
他们是否意识到已过了零点?
新一天了，覆盖大地的茶色天穹下
他们行走在虚空，悬浮着发亮的小方盒子——
那黄白相间的光的魔法积木中。
不时有灯熄灭，黑色不断吞下昏黄。
最后，那一方方还亮着的光芒之屋
彼此分隔开来。如同脱离了耸立在高崖上的

黑暗城堡，小卫星一般
在地球的自转中也飞转起来。
那些小星球上居民，吸纳光保持活力。
他们在犹豫着，在下定决心。
在哽咽后笑出声来，呼唤久违的睡意——
每盏灯，都在酿着自己那一勺蜜。

三

凌晨两点，天幕如铅。
最亮的几颗星钉在虚空，地上一团幽暗。
东北方白天清晰的山影这时看不见
几公里外，天通北苑的巨型塔楼
矗立在影影绰绰的楼群撑起的起伏的昏黑之上
成刚可辨认的剪影。
那儿也是视力的尽头。它们的底部
深陷在地平线下，那整片模糊的空间
又被南北贯穿的路灯犁成两截。
近些，一些孤灯是一个个极其微小的点。
到了最近处，几栋楼，都有二十多层
并排挺立在自身沉重的暗影。
每栋都有三五盏灯亮着
那些熄灭的灯就像雨滴落入了水中
它们曾照亮的房间此刻是黑漆漆幕墙。
楼下，小区路灯泛出冷光
如荷花骨朵挺在发蓝的幽晦上。

闪烁着金属微光的荷叶，遮掩着更深处水面
模糊的脉络似在摇动。
当出租车推出一片明亮
灰色地砖和停放的汽车全都暴露出来。
那台车掉头后，更沉寂了。
下来一个年轻女孩，拖着行李箱
把背包搭在了拉杆上拽上台阶。
“咣当”一声响后，那一方倾斜的黄光
也被单元门收入楼道之内。
那又恢复了原有的冷清。不一会儿
在小花园，晃起一支熟悉的手电筒。
最近经常停电。每次他从昏黑石板路直奔配电室
我就掐起时间，一分，两分，最多三分钟
冰箱嘟一下启动，屋里立时注满明亮。
今天并没停电，他大概有别的事。
他也和我一样睡不着吗？
窗口进来的光照白了四壁
绘画板、沙发、方桌、花盆、玩具柜
全都失去了色彩，呈现均匀的黑色
画板上的 A4 纸是蛋清白，纸上的涂鸦看不见。
护栏斜在墙上极为清晰。
能听见吊兰弯弯的影子上流动的钟表声。
算一日中最静谧的时刻了。
看着窗外就像坐在深夜的悬崖上。
虽也有轻微嗡响，汽车很远还听得见
但柔和得多，就像几条街外一台割草机。

这时再看那凝固天幕，乳白色的云朵
在灯一样划空而去的飞机之上浮现出来。
它们好似薄薄的白纸浸入了水中
边缘转为淡灰，进而完全消解。
它们间巨大空隙，更多的星星现出了身。
它们一直在那。这时跃入逐渐适应的眼睛。
原来并没那么暗。安静
如巨大花蕊裹在漆黑的花瓣间。
这个失去了形状和色彩的世界在沉睡。
风推动着从在星空抵达屋宇的静籁之歌
让万物静默在地球的转动中
吐露泥土和青草的芬芳。
山川和湖泊在辽阔星光下反射微茫。
第一天从幼儿园回来的孩子在它怀抱中
他微不足道，哼哼着对空踢了两脚被子。
沙发上的书掉到地上。
好像下过一阵雨般凉爽空气
从纱窗渗进来滑过身体。
卧室对着的南面，还是在施工，噪音也更大。
天空的暗黑中有一层沙尘暴时的土黄。
射灯把最低的斜顶照亮。在西边一栋楼壁上
一个硕大的人影在低身查看。
这个半夜里活生生的巨人，挺起身
有三层楼高。他的同伴在看不见处大声呼喝。
我盯着他看，然后又抬头看远处。
从城市远近叠加的更深的轮廓线上

从劳动者巨大身形上的暗昧虚空
看见宁静和树木包裹着村庄。
一条灰白土路从村口一直延伸过来。
有时，我恍惚间回到那条路上
柳枝的雨滴落在头顶
不尽的车流成为寂静的河。
时间如同空气——啁啾着从林梢飞过。
现在我更清晰地感受到它，朝它走去。
黑暗的大地上，一盏灯穿透了整个世界
有时脚下磕磕绊绊，走得太急了
还要躲避车轱辘沟和小水洼。
白天休息的树荫下，此刻有些阴森。
刚好辨不清的不远处似乎潜行着影子
柴垛和石头堆总有沙沙的响动。
但终于来到了大门口。
狗叫了起来，然后屋门推开
院里的灯亮了。传来他沉默的脚步
她故作平静的“等会儿啊”。
我离开那多久了？
我的家人和亲戚们都在睡觉吧。
被心灵的视觉加深的黑暗
拉近了我们间距离。这又是哪里？
山路上，车灯照亮岩石和隐蔽的沟壑
钻天杨、刺柏和椿树的叶子、上面的灰尘。
水滴正在紫叶梨和椴树的叶脉上汇集。
金盏花、鬼灯、葱兰、风信子都在草坡上摇曳。

这又是在哪？我在半夜走出毡房，
在挤成一团的羊群之间
从围栏一角，黑压压的寂静中
听到了远处的声音。
我看见星星拉低了天幕，月亮迅疾抹过云层
营灯的微黄映出森耸的巨大沙脊。
那些日子真的消失了吗？
现在，灰蒙蒙、安静的暗夜笼罩着北京城。
天通苑只有这时不拥挤。
他还在梦里，而她在另一个梦。
我在一个悬浮的阳台——它振荡起来
我也置于一个真切梦中：这个黑白的世界
事物收缩回自身。
它们的缄默更接近成年人的心境。
这个晚上，我觉得我更好地理解了生活。
为一波强烈的悲观宿命
以及伴随而来，莫名的火苗似的激动而打开日记。
我感觉街头的车灯从屋里滑过。
飘忽天际的大片云朵之上
光线似乎有一丝变化。
它如此细微，我不知道它是否真的发生。
我只是看着那，又回头看了看孩子。

四

麦秆哔叭，公鸡敲打薄冰般空气。

那时院里没有檐灯，但院墙、棚子、天线杆
以及棚口的草筛已在冷冽的
几乎难以肯定的晨光中显出暗影。
他弓腰把井把儿压得吱嘎乱响
引井的开水从铸铁井口向上升腾
水哗哗地溅入黑暗的桶中。
我站在潮湿、僵硬、一层薄霜的院心，
听到牛“呼哧、呼哧”鲸饮
不断把头伸到桶中，最后眼睛没入桶沿
用舌尖刷净了桶底的棒子面和豆饼。
他又压新一桶水。院外槐树由漆黑一团中
挺出深绿色枝冠。
东方升起的暝色让水光闪亮起来。
母牛内旋的犄角泛出灰色光泽，这时
整个院子都开始打黑暗中现身
仿佛从天上落在了我的周围。院子四角的杂物
房顶上烟囱，鸡棚，樱桃树
所有被照亮的东西被赋予了生命。
我为他要带我进城而激动。那里有高楼
有彩色街灯。有轮船在海湾
汽笛渔网一样罩着全城。
哦，那是多少年前的事了？还有一次
我说服自己早起看日出。走在南山街潮湿的雾中
还赶上一阵雷雨。但天终归一点点亮了起来
大海深青色波面荡起凝滞灰光。
太阳一直没出来，我就那么一直坐着。

在那石崖上，看海鸥在幕布般阴云下滑过
这场景也过去了好几年。
走在那样的早晨是多么幸福。
今天，我又一次置身在这奇妙变化中
只不过所站更高，那院子早装不下这么多事物。
灯光所剩无几，星星也悄然在消隐。
早在觉察之前，变化已经发生了。
只不过现在更明显：天顶的深灰开始发亮
逐渐透出微蓝，云朵更白了一些。
连绵的楼房在微曦中挺立出来
近处的开始显露细节，窗户、门洞、边饰
而灰黑楼群不断在更远处浮现。
这时身边也开始变化
窗帘、床单、书本、电风扇都显出了颜色。
接着墙体的淡黄也能轻易辨认了。
天越来越蓝，从极高处向下渗透的微亮
雪花一样悠悠落下。视野还在延伸
就像极慢的风向远处荡开雾霾
楼房和道路重新披上线条和色彩。
这时可以清晰地看到，城市从黑暗中升起。
它越来越亮，越来越广阔。有那么一会儿
这宏伟的城市是诗意的，恒久的，
仿佛浸在宁静、透明的深水之中。
当金色光线终于从东边直射过来
刚才沐浴在黛青色晨光中的楼群
立即被打上了强烈的光影。

那道道金光如同刻刀从高耸的楼面切下
耀眼的辉光闪亮在楼的顶部
而下端和低矮的建筑仍淹没在阴影之中。
镜面和楼体四下反射的光芒
使单调的灰白、暗黄看起来柔和温暖
如同郁金香的花瓣。又过了一会儿
太阳升到望京以北大片树林之上
光从四面八方来了。
沿着塔楼山崖般的侧面，银白水流泻下
在平地上荡漾开来。
麻雀惊奇地吐露着温情。它的翅膀
掀起淡橘色光线。柔软、无思想的身躯
在这高耸的城市也是一种存在。
草叶和篱笆上的露滴，反射亿万光芒和映像。
环卫工们收拾完前一天的垃圾
正在铲小广告。向四野延伸
周围更广阔的大地和群山上
纵横交错、利益纠纷的道路之网
所有孕育都将被收获。
我们将一起工作，热爱和分享。
我一直回头凝望。这是在哪？当我在下行索道
身后巨大山峰间光芒倾泻下来
七十度斜角之上极为高远的层层山峰
远远超拔于我们已沉入的暗影中山谷。
这是哪里？茫茫戈壁一夜的奔波后
云层从缝隙投下十几道可见的光柱

那个早晨，那片陌生土地上
唤醒了我生命的神圣、庄重与自由。
这又是哪？当云影压黑的群山耸立
一柱白得耀眼的光芒
将深深谷底巴掌大一片白墙黑瓦房持久地照亮，
那是多热烈而深沉的注视。
还有，当我在傍晚睡醒，推开木门
金色阳光铺满我的生命。
我就是沿这条光芒之路走来。
我将它们封存在记忆的瓶中——
这些即是我生命之光。
我站起身。这是在哪？我木然四望
满院的人向死者告别，他陷入永恒之夜。
田野上凉风带来新雨。
这又是哪？两个助产士从涂蜜的走廊
推来毛巾被盖住的小车，传出轻声的啼哭。
我的儿子出生了。他被带去洗澡……
每束光都是一根时间切割线。
我穿梭在这不同的日子和纷杂思绪间
在长久的蚕茧般沉默中
像第一次来到这光明之下。
过一会儿，妈会在蒸腾热气中熬出小米粥
爹会到楼下路牙子上坐着，抽烟。
再来看这个城市——
黄色安全帽又聚集到了最上一层楼板。
他们伸展胳膊，一触到钢筋、铁锤

就感到生活的心跳。他们笑说昨晚的疲劳。
他们裸露的脊背被光暖暖地触摸。
密密麻麻的人开始充满街道和天桥
嘈杂声就像湖面蒸腾的水汽一样
阳光下看不见地升了起来。
街角因为全无遮掩，又显出了白天的脏乱。
“四季”出租车沿着汤立路、北苑路
穿过十字路口向城中央驶去。
银色、红色和黑色私家车，大公交，电动车
渐渐汇集成了闪光的河流。
透过到处更加强烈地闪耀的光芒
又一个日子喧响着涌向四面八方。

2010　北京

后 记

我的诗，本质上就是我的生活。

它凝聚了我生命中美好而珍贵的瞬间，我对客观世界的发现与好奇、对内心自我的探索与认识、对纯洁生活的渴望与追求、对友谊和爱的沉浸与分享……我尽量以勤奋、专注而又隐秘的方式过自己的精神生活，写诗，成了我这些年意义的全部。

我常想起大学一年级快结束时那一天。我第一次去雷武铃老师家中拜见他，走回学校的路上，他说起我当作业交的两首诗，“太空了，没什么内容”。那是一种自初中时代就开始的朦胧激情混合当时极为流行的海子影响而激发出来的诗，我当时多少还是有点自负，听他这么一说大吃一惊。我用整个暑假才明白了他大概的意思，这一下给我打开了一片新天地。那是我写诗的真正起点。

这个转变对我是根本性的，它令我摆脱了那种泛滥模糊的冲动而走上清晰肯定之路，也一点点地消除了我原来盲目奔突，与其说是写作中的，不如说是生命中的迷茫困惑。此后我经常在课堂、校园、大街、田野和书店向他请教，他一个句子、一个词地给我点评、修改。我去听他所有的课，即使同样的课他讲的也从来不一样。毫不夸张地说，因为他我才觉得自己读过了大学。

另一次，大三的时候，我在课堂上给他看新写的《月亮》。他说：“以前我对你的表扬都是鼓励，但这一首诗，可以称为你第一首诗。”我才又惊又喜地意识到过去一段时间刚刚产生的一点骄傲真是幼稚可笑。转念又想，这肯定是又一次鼓励，我只能努力写得更好。很长一段时间，他都是我内心那个唯一的隐秘读者，我写作的动力和标准，他每次批评和表扬对我都触动极大。

毕业后在秦皇岛那段孤单、自足的生活，我同样记忆犹新。好几年时间在对精神绝对有益的封闭状态中摸索，我慢慢明白要想写好真的是太难了。在实践中我就像个笨拙的孩子，试图用沙子堆砌出幻想中的通天城堡。有时过半年就会发现之前觉得无可挑剔的诗简直没法看了，这让人沮丧，不过一点一滴的进步也刚好让我积累了继续写下去的信心。

我也忘不了在廊坊写《窗》时那种持续的激动。那真是一次极其强烈、甜美的体验。当时我想到，一生中我有过那么多宏大的抱负与构想，但没一样最终实现，当这首在几年间数次尝试、看似不能完成的诗终于被我用两个多月写出来时，我觉得我终于做成了一件自己想做的事。这当然没什么了不起的，但它对我自己意义非凡。

而在北京这几年，我经常会在很早上班和很晚下班的路上突然被沮丧和烦恼击中。我总是对自己说，没什么，我是一个诗人，我有自己的精神生活，写出了自己的诗。于是就平静了，好像我有多么强大，单靠精神胜利法就在严酷的生活面前扳回了一城。对我来说，只有写作才是真正的安慰。写出一首自己满意的诗，会好几天都觉得心里特别踏实，整个世界充满光彩，走在街上也莫名感到欢乐。

随着年龄的增长，写诗越来越成为我生活的核心。我愿意这样生活，探寻、肯定生命中的意义，并以此来对抗那无处不在的虚无。我并不会说这些诗只是写给我自己的，我信赖诗歌的普遍价值，这也是我们为何要以最高标准要求自己。关于这些诗本身，我不想说太多，因为我的诗歌观念，包括这些诗的优点和缺点，都已经写到诗中了。

这本选集一共选了78首诗，大约占我认真写诗十五年来愿意留下的三分之二。前五年我只选了2000年写的《月亮》这一首，接下去的三年选了6首，其余都是2006年之后的诗（这几年相对稳定，每年集中精神的话都可以写10—20首）。这些诗，除了少数曾见诸《中国诗歌评论》《诗林》等处，几乎都是首次正式发表——十几年的积累，不管写得多么少，放在一起也很可观了。

我比较偏爱几十页的小诗集。2012年“山水印作”给我出了《世界上的小田庄》，我把和我出生、成长的村庄有关的32首诗编在了一起，它至今仍是我自己创作中最喜欢的部分。2013年我印了《仙人掌变形记》（今年我和朋友在为它做一个插图本），里面几首诗，有点像上天赐给我的一个礼物。它从虚空中来，却写出了我最隐秘的真实，每次重读我都为自己感到惊讶。年初编完的《时光之踵》收录了我最诚恳的诗，是我与这个世界的关系之诗——世界以它的方式作用于我，而我也有话要说——对一个诗人来说，这种不得不说的感觉真的让人既苦恼又庆幸。《词语的歌》和《野地的风景》都编得差不多了，只是有的诗还没有写完、改好。前者收集了我最抒情的作品，有些可算我最轻松、活泼之作。后者是我这几年写作的核心之一，是我对自然、世界之爱。大自然的神秘、丰富和广阔，它那令人屏息的美，在这些年单调的生活中给了我巨大的抚慰。

也许有的集子得一辈子才能编完，谁知道呢，我在写作中得到的快乐已经够多了，这种小孩子摆弄积木式的自娱自乐更像是为了给自己找点事做。希望慢慢有机会把这些单本小集子送给大家吧。说真的，对正式出版诗集，我还没好好想过。一方面，这些诗从写出来就一直在朋友间传播，有了这些最好的读者，我已经心满意足了。另一方面，以我的标准，36 岁就出这样容量的诗集，明显是太早了。我更期待的是能保持进步，好好再写上十年二十年。不过事已至此，我只能尽量多删一些诗，来减少以后的羞愧了。

广西人民出版社在诗歌出版不景气时有勇气出这样一套书，令人钦佩，感谢出版人卢培钊先生。谢谢我的编辑吴小龙，他对诗歌有着真正的热爱和一流的专业水准，为此也付出了很多辛苦劳动。前面提到的我的老师雷武铃，还有太多故事我没有写出来，以后要专门写一篇文章，他影响了我写作和精神成长的方方面面。我认为他是一位伟大的诗人，能够成为他的学生是我今生最大的幸福。铁军、伟驰和冷霜等前辈诗人一直以来对我不吝批评鼓励，长才、巨文、杨震、王强、周琰等好友的砥砺和支持，以及我们这个因诗歌而紧密联系在一起的小圈子中每个兄弟姐妹的纯洁友谊，都让我感到极为温暖并受益终生。我的爱人刘冰，这本诗集献给你，这和你为我写作所付出的比起来根本微不足道。还有这套书中其他诗人，我只能说，能与你们一起出诗集对我是很大的荣誉。

2014 年 12 月　北京

图书在版编目（CIP）数据

时光之踵 / 王志军著.—南宁：广西人民出版社，2015.6
（大雅诗丛）
ISBN 978-7-219-09123-4

Ⅰ.①时… Ⅱ.①王… Ⅲ.①诗集—中国—当代 Ⅳ.①I227

中国版本图书馆CIP数据核字（2014）第239423号

时光之踵
王志军 / 著

出 版 人 卢培钊
监　　制 白竹林
责任编辑 吴小龙　罗绍松
书籍设计 刘　凛（广大迅风艺术）
责任校对 钟丽丽

出版发行 广西人民出版社
社　　址 广西南宁市桂春路6号
邮　　编 530028
印　　刷 广西大华印刷有限公司
开　　本 880mm×1230mm　1/32
印　　张 8.75
字　　数 210千字
版　　次 2015年6月　第1版
印　　次 2015年6月　第1次印刷
书　　号 ISBN 978-7-219-09123-4/I·1785
定　　价 39.00元